시냇물에 책이 있다

시냇물에 책이 있다

■ 이 도서의 국립중앙도서관 출판시도서목록(CIP)은
e-CIP 홈페이지(http://www.nl.go.kr/ecip)에서 이용하실 수 있습니다.
(CIP제어번호: CIP2009003200)

시냇물에 책이 있다

안치운

마음산책

시냇물에 책이 있다

1판 1쇄 인쇄 2009년 10월 20일
1판 1쇄 발행 2009년 10월 25일

지은이 | 안치운
펴낸이 | 정은숙
펴낸곳 | 마음산책

편집 | 심재경 · 권한라 · 강윤정   디자인 | 김정현 · 이단비
영업 | 권혁준   관리 | 박해령

등록 | 2000년 7월 28일(제 13 – 653호)
주소 | 서울시 마포구 서교동 395 – 114 (우 121 – 840)
전화 | 대표 362 – 1452 편집 362 – 1451   팩스 | 362 – 1455
홈페이지 | http://www.maumsan.com
전자우편 | maum@maumsan.com

ISBN 978 – 89 – 6090 – 064 – 6 03810

* 책값은 뒤표지에 있습니다.

걷는다는 행위는
매순간 사유가 벌이는 축제와 같았다.
걸으면 몸은 앞으로 나아가지만
사유는 근원적인 방향으로 향한다.
눈에 보이는 것, 발아래 밟히는 것,
귀에 들리는 모든 것들이
본질로 와 닿는다.

가만히 글로 씌인 텍스트는
독자에게 가닿으면서
폭죽처럼 터져서 표현으로 피어난다.
— 움베르트 에코, 『소설 속의 독자』

탁월한 삶을 위하여

기억과 글쓰기

산문은 어떤 이름을 부르는 것에서 그 이름을 기억하는 것에 이르기까지의 산물이다. 그것도 평생 기억하겠다는 것에 이를 때 씌어진다. 지난 몇 년 동안, 나는 요절한 프랑스의 희곡 작가 베르나르 마리 콜테스의 희곡들을 읽으면서 겨우 지낼 수 있었다. 『서쪽 부두』에 나오는 인물인 샤를르를 기억한다. 그가 한 말은 더더욱. 가령 이런 말은 참으로 아름답다. "누군가의 기억 속에는 남아 있고 싶어. 아버지는 죽지 않으려면 누군가의 기억 속에 살아 있어야 한다고 가르쳤잖아." 그런 욕망으로 글을 쓴다고 말할 수 있다면 더할 나위가 없겠다. 좋아하는 희곡 속 인물들은 내게는 '가려움증으로 맺어진 형제'처럼 여겨진다. 샤를르가 이렇게 말한다. "나는 늘 허기질 거야. 나는 여전히 허기질 거야. 허기지지 않는다는 건 죽은 거야"라고. 그렇게 글을 쓰라고 내게 말하는 것이다. 삶과 글쓰기는 기억을 토대로 이루어진다고 할 수 있다. 돌이켜보면, 기억의 암담한 혼돈을 글에 반영하려고 했었다. 기억의 불안과 부재 속에서 산다는 것은 언제나 쓸쓸하고 외롭다. 그럼에도 생존과 같은 글쓰기의 근거는 과거를 상기하는 기억이다. 글을 쓰면서 내내 과거의 기억을 떠올리는 것은 오늘의 삶을 사는 행위의 근간이라고 믿고 있다.

여기에 실린 글들은 기억의 빗장을 열어놓고 조금씩 길어 올린 것들이다. 글을 펼쳐놓고 보니, 현실이 남루할 때 생은 과거에 지배된다는 것을 절로 깨닫는다. 추억하는 힘은 즐거움이되 동시에 아픔이기도 했다. 글은 더러 속삭임과 같을 때가 있었다. 그것은 낮은 목소리로 가만가만 말을 해서 그 말을 듣는 나는 내 안에서 삭이기도 했다. 되찾을 수 없는 삶은 아픈 기억을 낳고, 그것은 다시 말로서 환원되어 여기 책 속에 글로서 자리 잡고 있다. 애를 쓰고 살고 있고, 그렇게 글을 쓰고 싶다.

이 글들은 '살며, 여행하며, 공부하고'라는 주제로 분류된 것처럼, 내 삶의 테두리를 아우르고 있다. '삶' 속에 생의 기억이 담겨 있고, '여행' 속에 삶을 꿈꾸게 하는 지리적 상상력이 생출하고, '공부' 속에 삶의 흔적들이 숨어 있다고 썼지만, 그 배경을 들여다보면 어두울 뿐이다. 산업자본주의, 초자본주의, 정보화 사회, 디지털 시대, 첨단 테크놀러지, 가상현실과 사이버 공간과 같은 흐름들이 오늘날 세상과 삶 그리고 예술의 지형을 급격하게 변화시키고 있기 때문이다. 예술에 대한 이해도 본디 인문적 시각에서 출발했지만, 이제는 세계화할 수 있는, 상품으로서의 문화가 중심이 되고 있다. 그러나 인간이 경험할 수 있는 모든 문화를 상품으로 만들어 이익을 얻어야만 한다고 하면서 이를 실천하는 나라는 형편없기 이를 데 없다.

음악과 글쓰기

우리가 경계해야 할 것은 삶의 안과 바깥에서 부당한 권력을 행사하는 야만이며, 파괴를 성장이라고 말하는 야만의 기교일 터이다. 폭력을 정의구현이라고 우겨 말했던 과거와, 파괴를 녹색성장이라고 양심 없이 내세우는 현재는 하등 다르지 않다. 또 예술계를 보면 잠언적 잠재력을 지닌 예술, 자연과 생태환경의 중요성을 알리려는 작품은 많지 않다. 자연은 삶의 책이 아니던가. 자연의 책, 자연적 언어란 살아 있는 신적 진리이며, 순수한 감정 속에서 음성화되는 도덕적 명령이라고 하지 않았던가. 불행하게도 이 시대에 자연의 목소리로서 내면의 목소리, 의식과 양심의 목소리는 들리지 않는다. 말들이 의미 대신 진동인 소리로 공기 속을 가로지를 뿐이다. 소리들은 소음으로 전락하고 있다. 언어가 물질적 육체와 결별할 때, 자연과 멀어질 때 존재는 무無가 된다. 그리하여 시적 언어, 은유를 찾아볼 수 없게 되며, 눈에 보이는 것, 이미 알려진 것만이 있을 뿐이다. 우리에게 멀리 떨어져 있거나 아직 보이지 않는 것을 상징적으로 지시하는 능력은 없다. 삶의 소외는 여기서부터 생성된다. 소리는 사회의 질서를 모방한다. 일상의 삶이 즐겁지 않은 것은 질서가 혼란스러운 만큼 소리의 질이 깨져버렸기 때문이기도 하다. 소음이란 어이없는 소리들이며, 기의 없는 기표들이 직물처럼 엮여 있는 소리이다. 그것은 무한하고, 넘쳐나고, 기호화되고, 정보화되어 존재한다.

　　야만의 사회 속 삶은 광포한 소리들로 채워진 집과 같다. 그런 곳에서는 한 순간도 쉬지 않는 물 흐르는 소리들은 아예 들리지 않는다. 자연이 명한 필사의 길을 따라 부는 바람 소리, 태어난 자리에서 일생을 보내는 나무가 흔들리는 소리에는 다들 귀 기울이지 않는다. 소들이 무심하게 새김질하는 소리는 기억에서조차 사라져버렸다. 셰익스피어는 "나무에 혀가 있고, 흐르는 시냇물에 책이 있으며, 돌 속에 설교가 있"다고 했다. 나는 그의 말을 읽으면서 컸고, 지금도 가슴속 깊은 곳에 새겨두고 있다. 이 책에서 소리에 관한 글들은 다시 음악과 가까워진 덕분에 씌어졌다. 음악은 소리를 되찾고, 보호하기 위하여 소음과 싸운 정신의 소산이다. 소음은 일종의 권력과 같다. 음악은 소리와 소음의 싸움이 벌어지는 터와 같다. 좋은 음악은 소리를 통하여 사회의 소음을 전달하고, 권력을 조정하고, 분노를 진정시키고, 삶을 제의화한다. 그렇게 해서 가능한 사회의 모습을 제시하고 재현한다. 음악은 소리가 삶을 반영해서 달리 드러내는, 즉 탁월하게 소유하는 하나의 방법이다.

나이가 든 탓인지 몰라도, 끊임없이 음악에 빨려 들어간다. 음악을 듣기 위해서는 혼자 있어야 하고, 삶을 정지시킨 채 침묵 속으로 흘러 들어가야 하는데, 내 삶이 그러하다. 음악은 듣는 이에게 그가 태어난 사회로부터 분리되는 기쁨을 준다. 음악에 깊이 빠지면, 분리된 것조차 깨닫지 못하게 되는 경우도 있다. 어딜 가나 서재 구석에는 음악의 항구 같은 오래된 오디오 기기를 마련해 놓게 된다. 그 곁에는 시디를 가지런하게 꽂아놓는다. 음악에 귀를 기울이고, 몸을 갖다 대는 동안 말들이 사라져 과묵해지는 것이 참 좋다. 소리가 들리고 소리가 소멸한다. 갑작스럽게 다른 소리들이 강물처럼 범람하는 때가 있고, 은밀하게 사라질 때가 있다. 음악이 가득한 서재는 금세 꿈의 바다와 같아진다.

삶을 액정화하는 음악이 몸 깊숙한 곳에서 자리 잡는다. 음악에 매혹되는 순간은 삶의 근원에 이르는 것. 그러나 음악을 듣는 이는 그러한 자신의 모습을 볼 수가 없다. 음악에 잠기고 나면, 소리가 하나의 시선처럼 여겨지고, 듣는 이는 그 시선의 포로가 되는 탓이다. 듣는다는 것은 복종한다는 것. 음악에 대한 사랑은 소리에 대한 아름다운 복종이다. 음악의 발견은 삶의 기억과도 같다. 하여 좋은 음반은 음악과 삶을 얽어매 놓는 또 다른 책이다. 음악을 듣거나 책을 읽으면 포유동물처럼 음악을 빨아들이는 자신을 발견하게 된다. 입을 열어 음악을 말하는 것이 아니라 본능적으로 입을 벌리고 내밀어 젖을 먹는 것처럼 음악의 육체 안에 거주하려고 하는 기쁨은 점점 커져만 간다. 음악이 뇌리 속으로, 아랫배로, 등 뒤로, 손끝으로 전해지고 그리하여 육체가 확장되고, 다른 육체가 되는 쾌락이 음악 속에 있다. 이 산문집에 고전음악에 관한 글을 많이 넣지 못한 것은 참으로 안타까운 일이다.

고통의 글쓰기

파괴와 개발을 앞세우는 혼재 속에서 삶은 앞으로 나아가는 듯하지만 실은 정지한 채 맴돌고 있다. 삶도 제자리를 잃고 어지러운 것은 마찬가지이다. 삶에 관한 사유는 기술과 기계 혹은 이해관계로 대체되어 추락하고 있다. 인간의 표상들도 단순화되고, 도식화되기는 마찬가지이다. 이제 삶은 자연에 대립되는 기술로 실재하는 삶을 증발시켜버리면서 자신을 확대 재생산한다. 그렇게 하면서 저물어가고 있다. 사랑이 없는 이 세상의 속도는 빠르고 그 무지의 힘은 멈출 줄 모른다. 자연을 보충하고 대리하던 기술이 자연을 초월하고 삶을 지배하고 있다. 기술적 인공이 자연적 사물보다 우위에 있다는 것은 무서운 사실일 터이다. 가상현실에서는 기계적 인공과 자연이 아무런 마찰 없이 만나고 있다. 이것들과 더불어 삶의 황혼, 세상의 밤을 알리는 것은 생태계의 파괴로 인한 삶의 혼미함, 존재의 망각이다.

이곳에서 삶의 근원, 그 물질 속으로 도망가고 싶을 뿐이다. 글쓰기와 책 읽기 그리고 시간을 무시하는 은둔과 소소한 일상을 주목하는 삶의 태도가 비겁한 노릇이라고 해도 할 수 없다. 몸과 자연이야말로 삶과 예술의 물질이라는 것을 믿고 있다. 그러나 오늘날 우리는 물질적인 것과 전혀 딴판의 삶을 살고 있다.

물질이라는 라틴어 Materia는 어머니 Mater에서 비롯했다. 오늘날 우리는 물질 그러니까 삶의 근원을 경시하고 남용하고 있다. 물질은 삶의 근원을 산출하고 풍요로움을 주고 삶의 질서를 만들어주던 것이었는데, 이런 것들이 고착화, 각질화되고 있기 때문이다. 미래의 삶의 공간을 위해서는 물질적으로 살아가는, 알아가는 기술이 필요하다. 그러나 삶과 그 근원보다는 덩치 큰 이익을 추구하려고 한다. 무엇보다도 개발을 내세운 인간 중심적 세계관에 빠져 다른 생명체, 생태계의 권리를 무시하는 정부 정책은 해도 너무한다. 인간을 생태계와 분리시켜 고립과 긴장의 체계 속으로 몰아넣기도 한다. 삶의 독창성을 결정짓는 근거인 물질 혹은 기원을 잊고 있는 지금, 삶의 불안은 점점 커지고 있다. 핵의 위험, 환경 파괴, 유전자 조작 등도 그 불안의 가두리 양식장이다.

책의 머리말은 이 책이 어떻게 쓰여졌는지 고백하는 내용을 담고 있기 마련이다. 그렇게 말하는 대신, 나는 거푸 읽고 있는 책을 내세우고 싶다. 앞의 희곡에 이은 두 번째 책은 파스칼 키냐르가 쓴 소설『혀끝에서 맴도는 이름』이다. 이 소설은 언어와 삶의 기원 그리고 사랑에 대한 철학을 담은, 짧지만 향기로운 이야기이다. 이야기는 한 젊은 여인이 한 남자의 이름을 기억하겠노라고 약속하는 것으로 시작된다. 어느 날 그의 이름을 떠올리려는 순간, 이름이 갑자기 그녀의 기억에서 사라지고 만다. 망각이 그녀의 입술을 뜨겁게 달군다. 그리고 한없는 절망감이 그녀를 엄습한다. 이 소설은 내게 글과 말의 차이와 글쓰기의 고통을 되새겨주었다. 글을 쓰지만 말할 수 없는 존재, 글을 쓰기 위하여 단어를 탐색하는 고통, 나아가 글을 쓰기 위하여 "고정된 시선과 경직된 자세로 빠져나가는 단어를 향해 두 손을 내밀어 애원하는" 태도, 글을 쓰고 난 후 언어가 마비된 경험 등이 그것이다. 그것은 작가의 서술대로 고통스러운 일이다.

글을 쓰는 모든 이들은 늘 언어의 기능부전을 경험한다. 그것은 글 쓰는 이의 내면에서 느껴지는 구체적인 경험이다. 키냐르는 이 소설에서 "언어의 획득과 죽음을 운명이라 말하기 곤란함에도 불구하고, 기억의 기능에서 나타나는 장애는 몸이라는 물질 속에 각인된 것들의 저장소에서 발생하는 것이 아니라 덩어리 상태로 저장된 것들 중에서 단 하나의 정보를 선정, 축출, 소환, 복귀시키는 과정에서 발생한다"라고 썼다. 글쓰기는 기억을 불러들이는, 무엇보다도 잊히게 될 것들 중에서 행해지는 선별작업과 같은 것으로, "견디기 힘든 무엇의 매장에 과감히 맞서"는 것이다. 키냐르 식으로 말하면 글 쓰는 이는 항상 혀끝에서 맴도는 언어, 그 언어의 결여를 가장 먼저 경험하는 이라고 할 수 있다. 독자를 작품 속으로 빠져들게 하는 것은 글 쓰는 이의 이러한 고통일 것이다. 그럼에도 좋은 글을 쓰고 싶다는 생각은 지워지지 않는다.

남은 글쓰기

지난 1년 동안, 유학 시절을 보낸 파리에서 가족들과 함께 지냈다. 매번 자전거를 타고 머무는 대학 기숙사에서 방문교수로 있던 파리 소르본 뉴벨 대학을 오갔다. 그리고 학교 앞에 있는 오래된 책방과 '음악의 초가집La Chaumière à musique' 이라는 예쁜 고전 음악 전문점에 드나들었다. 그 어간에 프루스트를 연구하는 장이브 타디에가 쓴, 드뷔시에 관한 산문집『음악의 꿈Le songe musical』을, 그보다 앞서 철학자 블라디미르 얀켈레비치가 음악과 언어 그리고 표현에 관하여 쓴『음악과 말로 표현할 수 없는 것La musique et l'ineffable』이라는 산문집을 읽게 되었다. 이 두 책은 앞으로 내가 쓰고 싶은 산문집의 깃발과 같다.

좋아하는 것을 더 즐기기 위하여 공부하고 글 쓰는 일이 내게 남았다. 산에 오랫동안 함께 다닌 친구는 산에 물 먹으러 간다고 말한다. 나는 이제 자연의 소리를 들으러 그곳에 간다. 높은 곳에 오르지 않아도 좋을 만큼, 산의 소리는 늘 행복의 근원이다. 그러나 내 글쓰기는 아직 멀었다. 세상을 보는 눈은 미욱할 뿐이다.

여기에 실린 글들은 내가 빵을 만들고 있던 한 카페에서 우연히 만난 마음산책 식구들 덕분에 책이 되어 세상에 나오게 되었다. 프랑스어로 빵^{pain}을 함께^{co} 하면 친구^{copain}가 되듯. 함께 걷는 길 위에 발자국처럼 이 책을 남긴다. 사람답게 사는 세상은 다시 올 것이다.

2009년 가을 북악산 안골에서

안 치 운

살며

멈출 때가 있다.

멈추어 서서 세상을 새롭게 볼 때가 있다.

그렇게 해서 자신이 깨어나는 모습을 놀라움으로 볼 때가 있다.

나는 그 맛에 노래하고 춤을 춘다.

지난 몇 년 동안 교토에 자주 갈 수 있었다. 그곳은 오래된 도시라서 오래된 집과 오래된 골목들이 그대로 남아 있었다. 사람들은 반듯한 큰길뿐만 아니라 좁은 골목길에서도 아주 편하고 능숙하게 자전거를 타고 다니는 듯했다.

어느 해 가을, 교토에 있는 극단 '극연劇研'에서 운영하는 예술가들을 위한 숙소에 도착한 후 두 개의 열쇠를 받았다. 하나는 방 열쇠였고, 다른 하나는 자전거 열쇠였다. 그곳에 있는 동안 줄곧 자전거를 타고 다녔다. 자전거 전용도로가 많았고 공기가 서울보다 훨씬 맑고 깨끗했다. 교토의 건물들은 고대에서 현대까지 망라하고 있었다. 그곳에 도착하자마자 『교토의 건축 MAP』이란 책

을 구입해서 읽기 시작했다. 건축을 좋아하는 내게 교토는 읽어야 할 책과 같았다. 왜 많은 이들이 교토를 좋아하는지 알 것 같았다.

하루는 발표할 글을 정리하다 말고, 자전거를 타고 교토 대학으로 갔다. 아주 오래된 대학에 자리한 낡은 건물들을 허물고 새롭게 짓는 우리나라 대학들과 사뭇 달랐다. 도서관으로 가려다 찾아간 곳은 교토 대학 산악부였다. 동아리 방들이 모여 있는 건물은 벽돌로 지은 것인데 낡을 대로 낡았다. 마치 전쟁이 지나간 흔적이 넘쳐흐르는 듯했다. 아, 이럴 수가. 벽은 곳곳이 뚫려 있었고, 학생들은 점령군처럼 그곳으로 들어가고 나간다. 물어 물어 산악부 동아리 방에 들어갔다. 그곳은 오래전부터 있던 곳처럼, 그렇게 내가 있을 곳처럼 여겨졌다. 방 구석구석에 놓인 낡은 장비들을 보니 흔연했다. 벽 위쪽에는 등반하다 산에서 죽은 이들의 흑백사진을 담은 액자들이 붙어 있었다. 세어보니 얼추 스무 명이 넘었다. K2, 안나푸르나, 에베레스트, 매킨리, 파타고니아 등과 같은 고산에서 등반하다 숨진 선배들이 후배들을 내려다보고 있었다. 그 흑백사진들에서 산악 운동 초기의 이 대학 산악부의 모습을 짐작할 수 있었다. 동아리 방바닥은 나무 마루인데, 군데군데 구멍이 나 있었다. 낡은 배낭들이 지쳐서 누워 있었고, 벽에는 자일과 쇠로 된 등반장비들이 떼로 걸려 있었다. 슬쩍 손을 가져다 만져보았다. 가슴이

벌렁벌렁한다. 숨결이 느껴지는 듯했다. 등반을 돕는 장비 앞에서는 숨이 멎는 듯했다. 한쪽 벽 책장에는 오래된 산서들이 꽂혀 있었다. 일본과 서양의 등산가들이 쓴 고산 등정기들이었다. 일본의 젊은 대학생들도 등반의 최후는 글쓰기라는 것을 알고 있었다. 그렇다. 등반을 하는 이들은 나이를 떠나 느끼는 바가 같다. 오래된 대학인 이곳에는 오래된 산, 오래된 건물, 오래된 장비, 오래된 사람들이 하나로 묶여 있었다. 아, 이런 것이 생이지. 동아리 방을 지키고 있던 철학과 학생이 내게 문득 이렇게 말했다. "서울에 있는 북한산 인수봉에서 등반하고 싶어요." 그에게 내 명함을 주고, 등반하러 올 때 만나서 같이하자고 했다. 그는 영어가 서툴렀고 나는 일어가 부족했다. 그러나 오래된 집과 같은 산은 우리에게 공용어였다. 우리들은 알피니스트였다.

숙소로 되돌아오기 위하여 '철학의 길'로 들어섰다. 이 길은 은각사라는 절이 있는 산 아래 아름다운 마을을 가로지르는 좁은 길인데, 시인 윤동주가 젊은 시절 이 마을에 살았다는 이야기를 들은 것 같다. 시인 정지용도 일본 유학 시절 이곳 주변을 산책하고 「압천鴨川」이라는 시를 남기기도 했다. 한적하기 이를 데 없는, 삶의 평온함이 묻어나는 이곳을 나는 자전거를 타다 걷다 하면서 한없이 느리게 가고 있었다. 길을 걷노라면, 집에서 그저 사노라면 그 자체로 철학하는 마음이 된다. 철학의 길 뒤편을 큰 산이 가로막고 있었다.

———— 삶과 어긋나는 집

서울로 돌아오면 늘 허전하다. 겨우 일주일 동안 교토로 떠나 있다 돌아온 처지에 서울은 복잡하고, 시끄럽게 여겨졌다. 오자마자 펼친 신문에서 집에 관한 기사들이 눈에 띈다. 다들 넓고 큰 집에 대해서만 말을 한다. 집과 삶의 질을 말하기보다, 집의 크기와 값에 대해서만 저울질한다. 서울에서도 강남에 있는 집의 크기와 값은 놀랍다. 삶이 휘청거릴 만큼 충격을 준다. 그럴수록 소박한 삶의 결은 빛을 잃는다. 만나는 이들도 마찬가지이다. 집에 대한 불경한 태도들이 삶을 온통 휘저어놓고 있다. 집의 건축적 성취가 삶의 성취와 관계없고, 집은 삶과 어긋나면서 같이 간다. 집이 집 같지 않고, 삶이 삶 같지 않다. 집과 삶이 서로 마주 보지 않는다. 집은 집이 아닌 헛집이 되고, 삶은 삶이 아닌 헛된 삶이 된다. 서울을 비롯한 각 지방도시에서 개발되는 집들은 집이 아니라 상품일 뿐이다. 오늘날 우리가 집을 대하는 태도는 막가는, 아니 막갈 수 있는 데까지 갔다고 할 수 있다. 우리 삶은 그 끝자리에 겨우 붙어 있다. 서울의 집들을 보면서 삶을 회복하기 위해서는 집에 대한 태도부터 달라져야 한다는 것을 깨닫는다. 집을 생각하는 태도가 사뭇 깊어져야 하고 겸손해져야 할 것 같다. 집과 삶이 하나가 되기 위해서.

불안한 마음에 건축가인 친구를 만나고 싶다는 생각을 했다. 첨단의 소재를 쓴 것도 아니고 근사한 형태적 과시도 없는 고전적인 건축이 그리웠다. 집보다 정신을 먼저 말하고, 집이라는 거주공간에서 자발적 불편을 실험하는 건축가가 보고 싶어졌다. 언어의 집을 짓는 이가 시인이라면, 삶의 집을 짓는 이는 건축가다. 건축가는 집을 지어 삶을 거느리도록 하는, 삶을 거느리며 집을 짓는 시인이라고 나는 믿는다. 그러나 많은 건축가들은 우리들 집과 삶에서 조금 혹은 멀리 떨어져 있다. 그들은 너무 바쁘다.

이제 작은 서재에 있는 책상 앞에 홀로 앉는다. 집 안에 내 삶의 속살이 있을까? 삶은 옹색하지 않아도 집은 옹색할 수 있다는 걸 인정할 수 있을까. 집이 지닌 심미적 독립성은 오늘날 아파트에 의해서 사라졌다는 것은 분명하다. 눈만 뜨면 값이 올라가는 아파트에서는 진지한 삶도, 진지한 삶을 사는 이들도 줄어들 수밖에 없지 않은가. 도시와 시골을 막론하고 이처럼 편한 주거공간은 없다고 여배우들이 광고하는 아파트들이 하늘을 가린다. 이제부터라도 오래된 집과 길을 사유하고 싶다. 좀 더 집다운 집, 좀 더 삶다운 삶을 담아내는 거주지를 연구하고 토론하고 짓는 육체적·정신적 노동을 마다하지 않겠다. 땅과 집, 집과 삶이 흩어지지 않고 사라지지 않을 바를 깊이 생각한다. 삶의 거주지인 집을 온전하게 대하는 서울을 꿈꾼다. 교토에서 돌아오면 가고 싶은 곳이 하나 있다. 오래된 도시 거창이나 전주로 간다. 그동안 많이 변모했을 것 같아 조금 불안하다. 그러고 나서 강원도 인제 산골 어느 화전민 집에 간다. 그곳도 개발 탓에 불안하기는 마찬가지일 터이다.

자전거로
일상을 달린다

겨울방학을 맞이하면 파리에 가게 되는 경우가 많다. 그곳은
내가 젊은 날 공부를 했던 곳이기도 하다. 갈 때마다 머무는 곳은
유학 시절 줄곧 지냈던 국제 대학 기숙사촌에 있는 프로방스 관館
이었다. 근래 들어 기숙사는 많이 달라졌다. 건물의 틀은 그대로이
지만, 방마다 인터넷을 할 수 있게 되었고, 곳곳에 새롭게 수리한
흔적이 많았다. 파리도 그동안 변했다. 큰길가에 스타벅스 커피숍
은 더 늘어났고, 소르본 대학 앞 광장에 있던 PUF라는 오래된 대
학서점은 젊은이들의 옷가게로 바뀌었다. '언덕 극장'(파리의 한
국립극장 이름이다)에서 일하는 한 친구는 대학생들을 위한 할인
제도가 이미 사라졌다고 말했다. 신자유주의 정책으로 대학생들이

사회에 진입하는 나이가 날로 늦어지면서 아예 할인 대상을 일반인으로까지 확대했다고 설명해주었다. 덧붙여 프랑스의 인문적 전통도 시장의 세계화에서 자유롭지 않다고도 했다. 젊은이들이 취업이 어려워지고 있다고 불만을 토로하는 것은 온 세계에 두루 있는 현상인 셈이다.

학생들을 위한 아파트와 스튜디오 같은 주거공간도 점점 줄어들었다. 2008년 겨울, 파리를 떠날 즈음에는 대학생들이 급기야 집을 빌려달라는 시위를 하기도 했다. 이즈음 길거리에 붙은 주거공간 확보를 위한 항의 포스터는 사뭇 독창적이었다. 침대 위에 떨어져 자는 부모의 사이에서, 옷을 벗은 채 포개진 젊은 남녀의 사진을 담은 포스터였다. 이 포스터는 오늘날 학생들이 겪고 있는 일상적 삶의 위기가 얼마나 큰지 알 수 있게 했다. 이런 현상은 우리나라 젊은이들도 예외가 아니지 않은가!

흔히 말하는 파리의 자유와 낭만은 이제 사라진 듯하다. 보들레르의 시처럼, '파리는 우울한 곳' 이 되고도 남았다. 집 없고 가족 없는 이들이 길바닥에 즐비했다. 물가도 많이 오른 편이라 여행자의 마음이 편하지만은 않은 곳이 파리이다. 전에 비하여 사람들의 불친절은 극에 이른 듯하다. 파리에 머무는 동안 벨기에 리에주 대학에 다녀왔는데, 그곳 사람들은 참으로 친절했다. 벨기에에 도착하는 순간 금세 느낄 수 있었다. 인문적 전통이 강했던 파리의 삶을 위협하고 남루한 것으로 만드는 이와 같은 현상은 오늘날 세계가 세계화라는 명목으로 승자독식의 돈벌이에만 치중한 결과가 아니겠는가. 또 파리에 머무는 동안 살 플레이에 극장이나 샹젤리제 극장에서 열리는 음악회에 가보고 싶었지만 좋은 공연은 없었다. 러시아에서 기차를 타고 파리로 와 쇼팽의 곡들을 연주하는 소콜로프 피아노 연주회를 빼고는 매력적인 공연은 그리 많지 않았다. 고전음악의 큰 시장이 런던과 베를린으로 옮겨간 탓이다. 머무는 동안 계속 비가 내린 탓인지 몰라도 사르코지 정권 이후 파리 여행은 우울했고, 불안했다.

그럼에도 불구하고, 파리가 서울보다 나은 두 가지가 있었다. 큰 도로에 새롭게 전차가 다니는 것이 첫째이고, 길 양쪽에 자전거를 위한 길을 만들었다는 것이 둘째이다. 전차와 자전거의 부활은 환경정책에 입각한 공공사업이 진행되고 있다는 표시일 터이다. 이렇게라도 해야 후세대 사람들의 삶이 인간적으로 유지될 수 있다는 절박한 호소이기도 했다. 작년부터 파리 시가 획기적으로 마련한 시민을 위한 자전거 통행 정책은 참으로 본받고 싶었다. 파리 어느 곳에서나 시민들은 시에서 마련해놓은 벨리브^{vélib, 자전거vélo와 자유liberté의 합성어}라는 무인 공공임대 자전거를 탈 수 있고, 도착한 곳에 그대로 내려놓을 수 있다. 이 혁명적인 정책을 우리도 그대로 따라했으면 좋겠다.(서울시도 곧 프리바이크freebike 정책을 시행하려고 한다는데 어설프기 그지없다. 보행자 도로에 자전거 표시만 그려놓거나, 도로 한쪽에 선을 그어놓고 자전거 도로라고 시늉만 한 것을 너무 많이 보았다. 글자 그대로 전시행정이다. 정부의 자전거 시책도 사용자들은 무시한 터무니없는 것들이기만 하다.) 파리 시내에서는 관광객들도 예쁘게 디자인된 이 공공임대 자전거를 싼값에 이용할 수 있다. 나는 낮에는 자전거를 타고 다녔고, 자기 전에는 가지고 간 『서울을 여행하는 라이더를 위한 안내서』홍은택, 한겨레출판, 2007를 다시 읽기 시작했다. 이상한 우연이다.

───── 자전거 예찬, 그 애끓는 탄원

내가 서울에서 자전거를 타기 시작한 것은 몇 년 전, 일본 교토를 다녀온 뒤부터이다. 아름다운 옛 도시인 교토는 그야말로 자전거의 천국 같았다. 서울로 돌아가 바로 자전거를 구입하기로 마음먹은 것은 교토에서 자전거를 타고 돌아다니던 아름다운 추억 덕분이었다. 나는 자전거를 타고 집에서 광화문을 거쳐 서울을 두루 다니고 있다. 산악 자전거를 타고 서울을 떠나 먼 곳까지 다녀오기도 한다. 그러나 서울에서 자전거 타기의 위험, 그것은 말로

다 못한다. 인도, 차도, 터널, 다차선, 고가도로 등이 자전거 타기를 방해한다. 그러니 파리의 공공임대 자전거가 얼마나 부러웠겠는가? 시가 시민을 위하여 자전거를 탈 수 있도록 권장하는 정책이 어찌 부럽지 않았겠는가? 인간과 가장 친한 교통수단이 걷기 다음으로 자전거라는 것은 누구나 알고 있는 사실이다. 그런데도 서울을 비롯한 우리나라 전역에서는 자전거를 위한 환경이 일상의 삶에 가까이 있지 못하고 라이더들은 힘들게 버텨가고 있다. 이 점은 우리나라 도로 행정가들이 읽고 배워야 할 점이다. OECD에 가입한 국가들 가운데 우리나라처럼 걷는 이와 자전거를 홀대하는 나라는 없을 것이다. 자전거를 타는 일은 일상을 바꿔놓는 아주 부드러운 혁명이다. 그것도 비용이 크게 들지 않는, 그렇다고 싸구려 혁명이 아니라 문화적·생태적 미래를 보장하는 저비용 고효율의 혁명이다.

동네 한 바퀴 도는 것이, 도시에서 외곽으로 밀려 자족하는 것이 자전거의 운명이 된 우리 시대, 그것에 딴지를 걸고, 아니 그것을 혁명으로 바꿔놓으려는 실천이 우리 삶에도 있다. 바로 자전거를 타고 출퇴근하는 이들('자출사')이다. 또 자전거로 여행하는 이들의 모임인 '자여사'도 있다. 이들은 자전거 타기로 일상의 삶에 놓인 덫을 제거하려 한다. 파리에도 자전거를 타고 출퇴근하는 이들이 많아 보였다. 파리와 서울을 망라하고, 자전거를 타고 출근하거나 여행하는 이들은 자동차의 힘이 아닌 제 힘으로 달리는 사람들이다. 파리에서 이들은 행복해 보이지만, 서울에서 이들은 불안해 보인다. 그러한 사실은 두 도시에서 자전거를 타고 다니면서 자연스럽게 알게 되었다. 두 도시가 어찌 이렇게 다른가? 서울 같은 큰 도시의 길에서 달리는 자전거는 당연히 보행권처럼 운행권이 있음에도 불구하고 더 빠른 자동차의 견제와 모멸을 견뎌야 한다. 파리에서 즐겁게 자전거를 타고 다닐 때와 앞의 책을 읽을 때 이 차이가 가장 곤혹스러웠다. 서울의 길에서 속도가 패권을 차지한다는 사실에 억장이 무너지는 때가 한두 번이 아니었기 때문이다. 그 밑바닥에 걷는 이의 슬픔과 자조가 있다. 세상에 가장 존중받아야 할 것은 빠른 속도로 가는 자동차 운전이 아니라 제 힘으로 걷기와 페달을 돌려 나아가는 자전거 타기가 아니겠는가! 그런 면에서 자전거 예찬은 자전거에 대한 애끓는 탄원 같기도 하다. 그러나 힘내자. 끝내 남는 것은 제 스스로 걷기와 자전거 타기가 아니겠는가!

_______ **자전거를 타고 음악회에 가자**

왜 파리 시는 시민들에게 자전거를 타도록 권유하고, 실제로 수많은 자전거를 만들어 길에 내놓고 누구나 탈 수 있도록 했는가? 자전거 타기의 매력은 많다. 자전거를 타고 이곳저곳을 다니다 보면, 장소에 대한 호기심과 삶의 열정을 다시 배우게 된다. 『서울을 여행하는 라이더를 위한 안내서』의 저자 홍은택은 자전거로 미국을 횡단할 만큼 자전거 타기에 대단한 경력을 지녔지만, 서울로 되돌아온 다음 그의 일상은 이전과 사뭇 달랐던 모양이다. 지하철로 출퇴근을 하면서 매일 졸았고, 가방을 놓고 내렸고, 역을 지나친 적도 많았다고 한다. 자전거 타기는 일상의 여행이다. 우리도 그것을 누릴 권리가 있다. 이 책의 내용처럼, 자전거를 타고 경험하는 것은 우리 일상의 풍경이어야 한다. 파리 시에서 가장 눈에 띄는 새로운 현상도 자전거를 타는 많은 이들의 자연스럽고 평온한 모습이었다. 자전거 덕분에. 이 책에도 "일상을 여행하자"라는 표현이 자주 등장한다. 그 표현이 참 좋다. 신이 날 정도이다.

　　파리에서 돌아오자마자, 타지 않았던 자전거를 손보았다. 때마침 가까운 동네에 나비넥타이를 맨 주인이 자전거를 수리·판매하는 예쁜 가게가 생겼다. 그곳에 가서 체인을 갈고, 기름칠을 하고, 때도 벗겨내었다. 그래야만 할 것 같았다. 파리에 있는 동안 자전거를 타는 이들을 볼 때마다, 타고 싶다는 욕망이 출렁거렸다.

자전거를 타고 다니면서 그들과 한편이 되고 싶었다. 같은 편이 되고 싶었다. 낯선 도시에서 만난 적도 없는 이와 한통속이 되고, 같은 삶의 좌표를 지키면서 살겠다고 동지애를 느끼는 일은 매우 드문 일이다.

어떤 면에서 자전거로 출퇴근하고, 도도한 자전거 흐름에 앞장서는 이들은 매우 소박하다고 말할 수밖에 없다. 왜냐하면 자전거 타기는 별다른 조직의 강령도 없고, 의무도 없고, 결과에 초조해 하지도 않으니까. 파리에서 본 자전거 타기와 홍은택이 말하는 자전거 타기에 대한 호소와 고백은 내 몸에 샘물처럼 스며들었다.

자전거를 타고 동네를 한 바퀴 돌아 집으로 돌아왔다. 그러고 보니 나도 자전거 타기에 동참한 것 같다. 다짐을 다시 한 것으로 하자. 이제부터 탄다. 길에서 자전거를 타는 이들을 많이 만났으면 좋겠다. "나 어때요?"라고 그들에게 묻고 싶다. 오랫동안 자전거를 타고 다니는 선배한테 한 수 배우고 싶다. 덧붙이고 싶은 것은, 걷기나 자전거 타기나 모두 "세상과 화해하는 법"(앞 책 296쪽)이라는 구절. "지금은 어쩌면 세계와의 미분화 상태로 돌아가려고 하는 중인 것 같다. 세상은 더 이상 나의 심판자가 아니고, 내가 세상에 대한 심판자는 더욱 아니다. 세상이 다시 내가 마냥 놀아도 될 놀이터가 됐으면 좋겠다. 자전거 타기는 서울을 놀이터로 만들 수 있는 좋은 방법이다."

우리 모두 자전거를 타자. 자전거를 타고 음악회에 가자.

자전거 공간

공간의 권력

역사적으로 자전거는 크게 달라지지 않았다. 외관상 두 바퀴, 안장, 손잡이를 그대로 유지해왔다. 제1차 세계대전 때에는 접이식 자전거가 만들어져 군인들이 짊어지고 산을 넘어 다닐 수 있었다. 나의 경우 서울에서 타던 고급 자전거에 비하면 교토와 파리에서 구입한 자전거는 형편없었다. 처음에는 그 차이에 실망하기도 했지만, 조금 지나자 아무렇지 않게 타고 다닐 수 있게 되었다.

우리나라에서도 자전거 타기에 대한 예찬은 많다. 훌륭한 글과 책도 있고, 아침저녁으로 목숨을 내걸고 자전거로 출퇴근하는 사람들도 늘어나고 있다. 나 역시 자전거에 관한 책을 즐겨 읽고 글도 쓰면서 자전거 타기를 일상화하려고 노력했었다. 그러나 서

울에서 자전거 타기는 늘 불안했고 위험했다. 강변과 하천변에서 주로 자전거 전용도로를 이용했지만, 이것은 운동 삼아 타는 것이지, 일상에서 이곳저곳으로 가기 위한 실제적인 자전거 타기는 결코 아니었다. 그런 면에서 서울에서 자전거 타기는 거의 스포츠에 속한다. 반면에 교토와 파리에서 자전거를 타는 것은 걷기와 같은 일상적 활동이다. 학교나 직장에 오가기 위한, 장을 보기 위한, 책방에 가기 위한, 아이들을 학교에 보내기 위한 자전거 타기가 그 출발이고 중심이다. 그다음이 운동을 위한 자전거 타기일 것이다.

운동을 위한 자전거 타기와 버스와 지하철을 대체하는 자전거 타기는 크게 다르다. 전자의 경우에는 고급 자전거가 기승을 부린다. 운동을 위한 자전거는 장비로서 갖추는 것이므로, 등반장비처럼 등급과 품질을 따질 수밖에 없다. 그러므로 우리나라에서 웬만큼 자전거를 탄다고 하면, 그 값이 50만 원이 넘는 경우가 허다하다. 사실 그 두 배가 되어도 자전거를 타는 이들 사이에서는 명함을 내밀지 못한다. 반면에 교토와 파리의 자전거는 구닥다리다. 동네에서 타고 다니는 자전거는 굴러가기만 하면 되므로, 값비싼 것일 필요가 없다. 교토와 파리에서도 운동을 위한 자전거는 우리와 형편이 똑같다.

일상에서 자전거 타기를 가능하게 하는 것은 자전거가 아니라 실은 공간이다. 자전거 예찬은 하나도 틀리지 않다. 예찬은 희망을 낳기 마련인데, 예찬이 일상화되지 않고 그대로 머무는 것은 자전거를 탈 만한 공간이 크게 부족하기 때문일 것이다. 자전거 전용도로를 마련하는 것은 자전거를 위한 공간의 확보이며 공간의 민주주의를 뜻한다. 말로만 자전거를 타고, 그것을 '친환경'이라거나 그저 좋은 일이라고 할 때, 자전거는 제 본모습을 잃고 고급스러운 것이 될 수 있다. 나는 이 점을 우려한다. 교토와 파리에서 쉽게 자전거를 타고 다닐 수 있는 것은 전적으로 자전거 전용공간 덕분이다. 이 공간은 근원적으로 사람을 위한 공간의 배려이다. 길에서 가장 보호받아야 할 존재는 사람과 자전거이다. 차는 끄트머리에 있다. 우리나라에서는 정반대다. 서울에서 자전거를 타고 다닐 때, 자동차를 운전하는 이들에게 숱한 지청구를 들어야 했다. 그것은 자동차의 공간을 침범했다는 반응이었고, 약자인 자전거와 타는 이들에 대한 강자의 위협이었다.

_______ 자전거 도로, 공간의 민주화

현대 공연예술에서도 인물보다 더 중요한 것은 공간이다. 공간은 자전적 경험, 미적인 가치, 이념 그 자체이기도 하다. 자전거로 말하자면, 자전거를 타기 위해서는 자전거 자체와 타기 위한 공간이 마련되어야 한다. 그러니까 자전거를 타는 공간이 자전거보다 더 중요하다. 자전거를 타면 공간은 권력이라는 것을 절로 깨닫게 된다. 기존의 자동차 중심의 길에서 자전거를 타기 위해서는 그 길에 대한 사유를 달리해야 한다. 자전거 통행을 위해서는 차를 줄여야 하고, 이는 곧 속도와 도로점유권에 대한 절차들을 전면적으로 개정하는 일이기 때문이다. 지금까지 길은 속도와 점유권을 지닌 이들의 권력과 같은 것이었으므로 이를 수정, 양보하는 일은 곧 공간과 권력의 민주화에 해당하는 일이라고 볼 수 있다. 공간公間은 우리가 함께共하며 공公적인 관계間를 맺는 곳이라는 것도 알게 될 것이다.

지난해쯤인가? 대통령이 자전거를 타고 청와대 숙소에서 집무실로 가는 모습과 문광부 장관이 자전거로 집에서 사무실로 출근하는 모습을 티브이에서 보았다. 대통령은 특별한 날, 준비된 자전거를 타고 청와대 안 이쪽에서 저쪽으로 사진을 찍기 위해서 이동한 것이고, 문광부 장관은 어느 날 강남에서 강북으로 홀로 타고 온 것이다. 물론 그의 뒤에서는 많은 사진기자들이 줄지어 달렸을 것이다. 자전거 타기가 아니라 사진 찍기를 위해서. 이 소식은 많은 이들이 자전거를 타고 다닐 수 있도록 하는 데는 미치지 못했다. 지위가 높은 분들이 자전거를 탔다는 것이 우선되었을 뿐, 근본적으로 공간을 마련하는 데 도움을 주지 못했기 때문이다. 대통령은 짧게 자전거를 타면서 양복 차림을 했고, 장관은 자전거를 타고 운동하는 이들처럼 라이더 복장을 했다. 모두 일상적인 자전거 타기와는 거리가 멀었다. 자전거가 있지만 모두가 자전거를 탈 수 있는 공간은 없다. 그것을 어떻게 누가 만들어야 하는가?

앞서 공간은 권력이라고 썼다. 권력은 공간을 확대하고 독점하는 경향이 크다. 권력 가운데 그래도 미움을 덜 받는 것이 공권력이다. 그것은 나만의 권력이 아니라 전체를 위한 공적인 권력이란 뜻으로, 권력 가운데서 우선시되는 권력이기도 하다. 자전거 타기가 환경보호와 에너지 절약으로 권장할 만한 것이라면, 이것을 크게 환영하고 추진해야 하는 기관은 공권력을 행사하는 정부일 수밖에 없을 것이다. 운전하는 이들은 자전거를 타고 길로 나서는 이들을 존중하지 않는다. 사람과 자전거 그리고 차가 공존하는 공간이 없고, 공간에 대한 가치가 없다. 도시 속 지하철이나 도시 바깥으로 나가는 기차에 자전거를 실을 수 있는 공간도 극히 예외적이다. 이것은 우리가 지닌 삶의 공간에 대한 몰가치이기도 할 것이다. 자전거가 다닐 길을 내줄수록 자동차의 흐름이 빨라질 수 있다는 생각을 하는 것이 필요하다. 길이야말로 글자 그대로 만인이 공유하는 공권력의 공간이며, 길의 재편은 인간에 대한 이해와 존중

의 출발이다. 자전거를 편하게 탈 수 있는 공간에 대한 사유, 그것
은 한국 민주주의를 위한 가장 일상적인 도전이 될 것이다. 그러나
지금은 까마득할 뿐이다.

노래와 나

입춘이 지날 즈음이면 나는 습관처럼 봄 산에 가 있을 터이지만, 올해에는 집에서 지내고 있는 때가 늘어났다. 몇 년 전부터 허리가 아파 의자에 앉아 오랫동안 책을 읽거나 글 쓰는 일을 할 수 없기 때문이다. 원고 약속을 지키지 못하기도 했다. 이런 일은 처음이다. 다리로 걷는 것을 멈추었는데, 허리까지 받쳐주지 않는다면 할 일은 눈과 귀를 만족시키는 것뿐이다. 비록 책을 누워서 본다 할지라도, 책을 고를 때에는 이 책꽂이 저 책꽂이로 가서 꺼내야 하니 독서도 다리와 허리가 뒷받침되어야 가능한 것 아닌가. 남은 것은 오로지 '귀'와 더불어 살아가는 일이다. 음악을 듣게 된 것은 불편한 허리 덕분이었다. 한동안 고장 난 채 있던 마란츠 오디

오 앰프를 수리해서 곁에 두었다.

　내 허리는 오랫동안 혹사당했다. 씨티 촬영을 해보았더니 요추 4번과 5번 사이가 벌어졌고, 그 사이에 있는 물렁뼈가 위에서 누른 호떡의 가장자리처럼 튀어나왔다. 생각해보면 의자에 앉아 줄곧 컴퓨터를 보면서 글을 쓰는 자세가 좋지 않았고, 밀가루 음식을 좋아하는 식성도 허리에 도움이 되질 않았고, 근육을 뒤틀면서 바위를 등반하고, 무거운 배낭을 메고 산에 올라 기거하는 것도 몸에 무리를 가져왔다. 산에서의 생활은 고통을 이겨내야 한다는 자학과 그 끝에 나오는 기쁨이 묻어난 광경이다. 이렇듯 내 몸은 어느 한순간 나빠진 것이 아니라 오랫동안 조금씩 어긋나기 시작했다. 사람과 더불어 살아가는 일은 이해와 설득 그리고 자제를 필요로 하는지라 겪어야 했던 맘고생도 보이지 않게 있어온 터였다. 덧붙여 글을 써야 한다는 강박도 한몫을 차지한 셈이다. 내 나이쯤 되면 이 모든 이유와 조건들이 속병으로 오거나 겉병으로 한 번쯤 귀결되기 마련이다. 나는 그것이 허리에 있는 셈이다. 허리가 오랫동안 균형을 잃어 아픈 것이라면 고치는 데도 오랜 시간이 필요할 것이다.

　집에서 환자처럼 누워 있으면서 책을 읽기보다는 슈베르트의 음악을 들었다. 〈현악 5중주〉(op163, D956), 피아노 3중주 가운데 하나인 〈아다지오—야상〉(op148, D897)은 내가 반복해서 듣는 음악이다. 슈베르트는 1828년 31세로 세상을 떠나기까지 늘 베토벤의 권위에 눌려 살았다. 그런 그가 1827년 베토벤의 장례식에서 관을 옮겼다고 한다. 슈베르트는 자신이 작곡한 아름다운 실내악 대부분을 연주회장이 아니라 친구의 집에서 들어야만 했다. 평생 병마로 썩어가는 몸과 지독한 가난에 시달렸기 때문이었다.

〈현악 5중주〉는 슈베르트의 유언이었고, ‘피아노와 바이올린 그리고 첼로를 위한 야상곡’으로 알려진 〈아다지오〉는 그의 유작이다. 눈물겹도록, 아니 눈물이 소리로 미끄러져 비상하는 비가悲歌이자 들을수록 눈물의 온기를 느낄 수 있는 걸작이다. 〈현악 5중주〉의 2악장을 많이 닮은 〈아다지오〉의 도입부는 바이올린과 첼로의 아름다운 2중주이다. 이어서 피아노가 뒤따른다. 바이올린과 첼로 그리고 피아노의 선율은 슈베르트의 슬픔을 노래하는 세 가지 소리이다. 죽음에 이르는 슬픔과 눈물로 얼룩진 주제부가 다시 등장하고, 조금 변주되다가 끝에 가서는 세 가지 소리가 합쳐진다. 처음에는 삶이 눈물처럼 슬프지만 듣고 나면 죽어가는 삶도 음악처럼 아름답다. 그래서 슈베르트의 가난한 삶은 그의 음악처럼 아름답고 영원하다. 나는 이 음악을 귀로 들으면서 허리가 아픈 것을 잊게 되었고, 살아 있는 것과 죽은 것에 크게 감동했다. 그의 음악은 삶과 죽음에 대한 헌사와 같다.

귀로 듣는 음악이 눈으로 보는 연극보다 더 훌륭하다는 것을 나는 요사이 가슴 벅차게 느끼고 있다. 그의 실내악은 그 어떤 교향곡에 뒤지지 않을 만큼 아름답게 울린다. 슈베르트의 음악을 듣고 난 후, 나는 음악을 연극에 견주어보았다. 연극은 관객의 눈과 귀를 자극하는 예술이다. 오늘날 한국 연극은 관객의 눈을 더 크게 자극한다. 그런 연극은 하나같이 겸손하지 않다. 눈으로 즐기는 연극은 펼쳐 보일 뿐, 관객의 가슴에 묻어나는 것이 적다. 오늘날 한국 연극은 볼거리에 치중한 탓으로 남루해졌다. 슈베르트의 실내악이 우리를 울리는 것처럼 연극도 겸손한 소극장 연극으로 관객의 귀로 스며들었으면 좋겠다는 생각을 한다. 삶의 무게가 글로, 배우들의 소리로 울렸으면 좋겠다. 관객들이 귀로 연극을 보았으면 좋겠다. 이것은 한국연극이 잊고 있었던 것인지 모른다. 귀로 무대를, 삶의 풍경을 볼 수 있는 연극, 나는 그것을 슈베르트의 음악을 들으면서 배웠다. 〈겨울나그네〉 제6곡 〈홍수〉는 이런 구절로 끝난다. "내 눈물이 가장 뜨겁게 흐르는 곳, 그곳이 내 사랑의 거처이리라……."

봄날, 나무들은 속절없이 밤에도 꽃을 피우고 있었다. 그것은 단 한순간 후회도 지정거림도 없는 단호함과 같다. 새벽 1시, 술집을 나와 학교 앞 길로 접어든다. 분주하던 그 길은 텅 비어 있다. 오늘 밤, 잠자지 않고 깨어 있을 법하다. 봄밤은 고요하다. 바람이 즐거움을 안고 간다. 잔잔한 밤길을 혼자 걷는다. 이 시간, 학교 앞 술집에서 연구실로 올라가는 것은 즐거움이 아니라 고뇌일 터이다. 내려온 기억도 없는데. 걸음을 멈춘다. 눈길을 추어올린다. 은은한 꽃향기…… 걸어서 학교 정문에서 연구실까지 올라왔다. 오후 내내, 나는 신입생 잔치마당에 있었다. 학생들 자치모임인 학회가 신입생들을 위해서 마련한 자리였다. 먼저 온 사람과 나중에 온 사람들 사이에 우선 축하하는 말들이 다리를 놓고 있었다. 말들의 성찬에 이어서 마시고 먹는 것들이 줄을 이었다. 모든 행사가 함께 먹는 것으로 시작해서 함께 노는 것으로 연장된다. 새내기 환영회는 함께^{sym} 먹는다^{posium}는 심포지엄^{symposium}의 자리이다. 그리고 학생들의 록밴드 공연이 있었고, 다들 노래를 같이 불렀고, 춤을 추었다. 잔치에는 항상 뒤풀이가 있는 법, 나는 학생들과 학교 앞, 주점으로 가서 또 마시고 놀았다. 술집을 나와 오늘 경험한 노래와 춤을 복기한다.

우리 과에는 학생들이 만든 동아리 몇 개가 있다. 그 하나가 '밤무대'라는 록밴드고(밴드 멤버들은 자신들을 전공하는 바에 따라서 '드림 씨어터'로 불러달라고 하지만, 나는 그들을 항상 노발리스의 시 제목인 '밤의 찬가'를 따 '밤무대'라고 부른다), 다른 하나는 '화음 브라더스'라는 노래하는 동아리이다. 올해는 '알에스RS'라는 춤 동아리까지 생겼다. 록밴드가 만들어졌을 때, 나는 흔쾌히 돕겠다고 했다. 학생들은 각자 기타와 키보드를 구했고, 학과에서는 드럼을 사주었다. 그들은 일주일에 몇 번씩 만나 연습을 했다. 학과 세트제작실이 그들의 연습실이 되었다.

록밴드의 음악은 거칠지만, 그 울림은 컸다. 록음악이 광란으로 이어지는 것은 불을 보듯 뻔한 이치라는 것을 다시금 깨닫는다. 록밴드는 가수 안치환의 5인조 밴드 '안치환과 자유'를 닮았다. '화음 브라더스'는 노래에 신실함이 있어 듣는 이를 집중하게 한다. 한편으로 '밤무대'는 다른 그룹의 노래를 하기도 했고, 다른 노래에 자신들이 개사한 가사를 입힌 노래를 하기도 했다. 록밴드의 연주와 노래는 봄밤의 정열과 같이 사람과 사람 사이, 머리와 가슴 사이를 울컥울컥하게 만들어버린다. 그것은 어느 순간 예정된 바가 없는 우연한 쏠림과도 같다. 록밴드의 음악은 원초적이다. 앞장을 서는 것은 드럼이다. 그런데도 드럼은 맨 뒤에 있다. 인도하는 사람은 그렇게 뒤에 있다. 휘황찬란한 말발굽 소리처럼 기타들이 깃들기 시작하고, 보컬이 에워싼다. 머뭇거림 없이 무리들이 춤을 춘다. 나도 그 안에 있었다. 오, 아름답고 복된 시간이여! 음악은 담벼락이 없다. 나는 구석에서 훨씬 자유롭게 춤을 추는 이들을 본다.

꽃에도 불이 있다. 불에도 꽃이 있다. 노래는 불꽃과 같다. 노래는 부르는 것이되 듣는 소리이다. 노래도 불꽃처럼 빛나는 때가 있다. 말이 꽃처럼 피어나는 노래들은 다 어디서 쏟아져 나오는 것일까? 노래에 따라 춤이 장식처럼 엉켜 붙는다. 춤추는 이들은 감추는 것도 억누르는 것도 없다. 노래하고 춤추는 자리에 혁명이라는 단어가 없어도 좋았다. 그러나 제 스스로를 지키고 어울리기 위한 노래와 춤은 서로 크게 벗어나지 않는다. 노래와 춤은 자신들만의 고유한 것을 찾고 있었다. 노래는 노래로, 춤은 춤으로 우리들의 마음을 넉넉하게 채워주었다.

멈출 때가 있다. 멈추어 서서 세상을 새롭게 볼 때가 있다. 그렇게 해서 자신이 깨어나는 모습을 놀라움으로 볼 때가 있다. 나는 그 맛에 노래하고 춤을 춘다. 노래와 춤은 내게 친근한 것이기도 하지만 낯선 것에 더 가깝다. 마치 여행하는 것과 같다. 예컨대 연극을 전공한 내게 노래는 낯선 것이다. 내가 좋아하는 노래는—그것이 꼭 노래가 아니더라도— 낯설되 가끔 내 안으로 찾아올 때가

있다. 그것이 내 안으로 들어와 내 일부가 될 때 나는 참 행복해진
다. 나는 시인 허만하 선생이 한, "산다는 것은 낯선 것을 받아들여
낯설지 않은 친숙한 것으로 만들어가는 과정"이라는 말에 전적으
로 동의한다. 거기에 이렇게 덧붙이고 싶다. "낯선 것을 만나기 위
하여 우리는 노래하고 춤춘다"고.

가수 안치환과 나

그의 이름은 안치환이고 내 이름은 안치운이다. 그 탓에 다들
나와 그를 혼동하고 싶어한다. 나는 한 번도 안치환과 나와의 관계
를 말한 적이 없다. 내 이름을 처음 듣는 이들은 대뜸 안치환과 어
떻게 되는 사이냐고 묻는다. 처음에는 아무런 관계가 없다고 했고,
나중에는 한 번 '노래를 찾는 사람들' 시절에 연우무대에서 만난
적이 있었다고 말하기도 했다. 참 오래전의 일이다. 이름이 비슷하
다는 것 때문에 그런 질문이 많아지자 나는 아예 대답을 하지 않고
그냥 웃어넘긴 적도 많았다. 이것이 화근이 되어 참 곤란한 지경에
빠진 적이 한두 번이 아니었다. '안치환과 자유'가 대학로 극장에
서 공연할 때마다 그러했다. 더러는 우리가 닮았다는 말까지 하는
이들도 있었다. 목소리도 어찌 그리 비슷하냐고 하는 이들을 만나
면 대꾸할 말이 떠오르지 않았다.

　　대답하기 곤란한 지경이 계속되자 나는 아예 웃고 말았는데, 이것이 계속해서 꼬리를 물고 이어졌다. 이제는 우리가 형제라고 말하는 이들이 생겨났다. 어이가 없는 터이지만 손사래로는 이 문제를 해결할 수 없게 되었다. 가수 안치환이 점점 더 유명해질수록 이런 일은 더 많아졌다. 내 주변에는 그와 나 사이에 아무런 관계가 없다는 사실조차 믿지 않으려는 이들도 많았다. 이를 어쩌나! 더구나 나는 노래방 같은 곳에 자주 가지는 않지만, 노래를 하는 경우, 안치환의 노래를 하곤 했다. 그것은 불에 기름을 붓는 것처럼, 그와 나와의 관계를 더더욱 의심하게 만들기 충분했다. 몇 년 전, 나는 큰 시험의 출제위원이 되어 꽤 오랫동안 감금생활을 하게 되었다. 문제를 내면서부터 시험이 끝날 때까지 한곳에 있었다. 거의 마지막 무렵, 같이 있던 이들과 노래하고 술을 마실 기회가 있었다. 모두들 내게 안치환의 노래를 하라고 박수를 치면서 요구했다. 그것은 무언의 확인과도 같았다. 즉 그와 나를 같은 부족 혹은 가족으로 여기고 그의 노래를 내가 잘 부를 것이라는 확신이 담긴 요구였다. 나는 순순히 그의 노래를 불렀다.

　　그때 내가 부른 노래는 안치환의 초기 앨범에 들어 있는 〈떠남이 아름다운 사람이여〉(박혜정 시 · 김상헌 작곡)와 〈지리산 너 지리산이여!〉(안치환 작사 · 작곡)이었다.

누워 쉬는 서해의 섬들 사이로 해가 질 때

눈앞이 아득해 오는 밤

해 지는 풍경으로 상처받지 않으리

별빛에 눈이 부셔 기댈 곳 찾아

서성이다 서성이다

떠나는 나의 그림자

언제나 떠날 때가 아름다웠지

오늘도 비는 내리고

거리의 우산들처럼

말없이 돌아가지만

아! 사람들이여 떠남이 아름다운 사람들이여

그리고 산에 자주 가는 나는 〈지리산 너 지리산이여!〉를 노래한다.

눈보라 몰아치는 저 산하에

떨리는 비명소리는 누구의 원한이랴 죽음의 저 산

내 사랑아 피끓는 정열을 묻고

못다 부른 참 세상은 누구의 원한이랴 침묵의 저 산

지리산 반란의 고향

푸르른 저 능선 저 깊은 골에 찢겨진 세월의 자욱

무엇을 주저하랴 부활의 저 산 솟구치는 대지의 거친 숨소리

눈부신 조국의 하늘 무엇을 주저하랴

투쟁의 저 산 지리산 다가오는 저 산 지리산

지리산 반란의 고향

지리산 살아오는 저 산

지리산 반란의 고향

아무튼 나는 아직까지 나와 가수 안치환의 관계를 내 이웃들에게 분명하게 말하고 있지 않다. 말하지 않는 만큼 내가 가수 안치환을 나와 매우 가까운 이로 여기고 있다는 것은 분명한 사실이다. 그러고도 또 한 사람, 그룹 '영 사운드'의 안치행이라는 작곡가가 있다.

요사이 깊게 생각하고 있는 것은 실향과 귀향의 문제이다. 직업이 책 읽고 글을 쓰는 일이다 보니 집과 일터가 분리되지 않고 있었다. 내게 집은 삶이 이루어지는 안식의 공간이 아니라 일하는 장소였다. 함께 사는 식구들은 이것을 큰 불만으로 느끼고 있었다. 집에서 가장 큰 공간을 서재로 삼고, 그곳에 들어앉아 일을 하노라면 가족들도 긴장하기 마련이었다. 뜨내기가 집에서 가장 큰 공간을 독점하고 산 셈이다. 나는 그것도 모르고 아주 오랫동안 집을 일터 삼아, 늘 책 읽고 글 쓰는 짐을 지면서 살았다. 집과 일터를 빙빙 돌면서 헐떡이며 산 것이었다.

어느 날 가족들이 내가 집에서 일하는 것을 더 이상 참을 수

없다고 말했다. 집이라는 공동체 공간에서 일을 내세워 서재에만 처박혀 물화되는 것을, 다른 가족들과 별다른 대화 없이 일만 하면서 소외된 존재가 되는 것을 걱정한다고 했다. 사실 집에서 일하는 한 늘 혼자일 수밖에 없었다. 가족에게 집과 일터를 구분해달라는 압력을 받고, 이를 실천해야겠다는 생각을 하면서 나는 조금씩 불안해지기 시작했다. 이곳과 저곳을 구분하지 않고 일하던 버릇이 위협을 받자, 해야 할 일들이 손에 잡히지 않고 손가락 사이로 빠져나갔다. 해야 할 바는 머릿속에 있지만 몸은 이곳저곳을 떠돌고 있었다. 가족들과 한집에서 살지만 고독한 존재가 되어가고 있었다. 그즈음 우연하게 책상 위에 있던 소설을 읽게 되었다. 제목은 『아빠가 길을 잃었어요』_{랑힐 닐스툰, 김상호 옮김, 비룡소, 1998}이다. 이 소설은 초등학교 고학년들을 위한 책으로, 정확하게 말하자면 동화다. 장애물을 딛고 귀향의 행로를 보여주는 이 짧은 이야기를 단숨에 몇 번이나 읽었다. 집 안팎에서 나그네가 된 주인공은 나와 닮아도 크게 닮았다.

이 동화의 주인공은 평범한 아버지이다. 집이 이사하는 날, 일터를 나온 그는 방황한다. 집을 찾기 위하여 탄 버스 안에서 그는 옆에 앉은 한 어린아이가 엄마에게 묻는 질문을 듣게 된다. "도대체 아빠들이 왜 필요한 거예요?" 어린아이가 보기에 아빠는 하는 일이 아무것도 없다. 아이의 뜬금없는 질문에 대답해보려고 하다가 주인공도 새삼스럽게 자신이 아빠로서 집에서 할 수 있는 바가 없다는 사실을 섬뜩하게 깨닫는다. 주인공은 그때부터 길을 잃게 되고, 집을 찾지 못한다. 아빠가 알지 못하는 것은 집으로 가는 길이 아니라 가족과 함께하는 삶이다. 그리고 그는 지금까지 이런 삶을 생각해본 적이 없다.

주인공이 집을 찾지 못하는 것이 단순히 주소를 모르기 때문인가? 주소는 집의 지리적 위치만을 확인시켜줄 뿐, 삶과 크게 연관되어 있지 않다. 집을 잃어버린 주인공은 점차 초라하고 불쌍한 존재가 되어가고 있었다. 일만 하던 그는 자신이 어떤 사람인지 확실히 알지 못한다고 고백하게 된다. 주인공은 집을 찾기 위하여 냄새부터 떠올린다. 그러나 그는 사막에서 집을 찾지 못한 채 두려움과 외로움을 느낀다. 집을 찾지 못하는 한, 모든 곳이 그에게는 사막인 셈이다. 그리고 그 자신이 예전에 가족에 대해서 한 번도 생각해본 적이 없다는 것을 더불어 깨닫게 된다. 비로소 그는 집의 부재를 통하여 가족의 실재를 깨닫는다. 그렇게 깨닫고 나자 주인공은 초췌한 모습으로 눈물을 흘린다.

그는 정말로 집으로 돌아가고 싶어한다. 그러나 그가 갈 수 있는 집이라고는 어렸을 때 살던 집뿐이었다. 주인공은 그곳에서 편안하고 따뜻한 고향의 매력을 발견한다. 그리고 벽에 붙어 있는 사진들을 본다. 어릴 때부터 자신을 길들인 세계적 영웅들의 사진이다. 그런 인물들이 되고 싶어했지만, 정작 아이들은 그런 아버지를 필요로 하지 않는다는 사실을 알게 된다. 이제 주인공은 마음의 커튼을 젖히고, 소리 내어 웃으며 이렇게 말한다. "아이들은 그런 아빠를 필요로 하지 않는다고!" 잃어버린 자신의 근원과 동질성을 되찾는 순간이다. 주인공은 아버지와 함께 눈썰매장에 갈 생각에 가슴이 부풀곤 했지만 좀처럼 그런 기회가 찾아오지 않았던 자신의 어린 시절을 떠올린다. 창고에서 썰매를 끄집어낸 뒤, 흙과 먼지를 닦아내자 그는 거의 울 것 같은 심정이 되었다. 동시에 열려 있는 헛간 문틈으로 겨울 햇살과 하얀 눈을 바라본다. 그러고는 나지막한 목소리로 자기 자신에게 묻는다. "지금 내가 왜 슬픈 걸까?" "우리 아버지 역시 아빠들이 왜 필요한지 모르셨던 것이 아닐까? 아버진 한 번만이라도 나에게 물어보셨어야 했는데. 아버진 내게 물어보셨어야 했다고. 그랬으면……."

여기까지 읽으면, 동화의 끝마무리는 짐작할 수 있다. 그는 집 부근에서 아이들에게 "아저씨가 가야 할 곳을 모르세요?"라는 질문을 받고, "아니 알아"라고 당당하게 말한다. 그 아이들의 도움으로 '늘 거기에 있는' '거기에서 우리를 부르는' 집으로 돌아온다. 식구들이 집안일에 대해서 걱정하자 그는 "그거 뭐 잠시 안 하고 내버려둔다고 큰일 나지 않아요. 우리가 내일 하면 되지"라고 말한다. 가족들이 이렇게 대답한다. "우리라고요?" 공동체가 회복되는 순간이다. 이제 그는 빨랫줄에 널려 있는 옷들과 수건 그리고 베갯잇을 걷어 잘 개어서 한데 정리하고, 가족을 위해 아침 식사를 만들고, 식탁을 깨끗이 닦는다.

집은 짐을 내려놓는 곳이다. 집이 따뜻하고 아늑한 이유는 여기에 있다. 노발리스가 "우리는 도대체 어디로 가는가?"라는 질문에 "항상 집으로"라고 말한 것처럼.

　　그동안 오지 마을을 찾아 여러 곳을 돌아다녔다. 오지를 가기 위해서는 배낭을 메고 가야 했고, 지도를 들고 가능하면 먼 곳으로 가야 한다는 습관이 내게는 있었다. 하지만 먼 곳으로 갈수록 오지는 늘 내 곁이 아닌 곳에 있다고 여기게 되었다. 아주 오랫동안 오지에 대해서 정확하게 알고 있다고 믿었는데, 그것은 오지와 오지 마을에 사는 사람들에게 주의를 기울이지 않은 탓이다. 오지에 대해서 분명하게 알려고 할수록 먼 곳과 가까운 곳, 숨어 있는 곳과 드러나는 곳으로 분간할 수 없는 새로운 모습들이 나타났다. 나는 오지 마을과 그곳에 사는 사람들에 대한 지엽적인 관찰에서 헤어나지 못했다는 자괴감을 느끼게 되었다. 그런 현상은 내가 매일 만

나는 이웃들과의 관계에 대해서도 마찬가지이다. 글을 쓰고 책을 출간하면서, 내가 알고 있는 한 가지 사실 뒤에는 다른 사실들이 숨어 있고 어쩌면 나는 껍데기만 알고 있을 뿐이라는 생각도 하게 되었다. 더구나 그곳에 사는 사람들이 이러하고 저러하다는 인상기는 그들의 실제 행동을 이해한 것보다는 내가 임의로 판단한 것에 지나지 않을 수 있다. 사람을 이해하는 일은 별들의 세계를 이해하는 것보다 더 어려운 일임에 틀림없다. 이런 느낌은 역설적으로 오지라는 공간과 그곳에 사는 사람들에 대한 사랑이 내 안에 남아 있을 때 더욱 그러하다.

오지 마을은 가까운 곳에도 있고, 대한민국의 수도인 서울에도 있다. 또 모든 것이 정신 속에 있는 것처럼, 마음속에도 오지는 있다. 실제로 오지 마을을 다녀왔다는 경험은 오지가 아닌 내 삶의 터에 와서야 비로소 느끼게 된다. 그런 느낌은 시간에 따라 다르게 변모한다. 그 장소, 그 사람이 내 안의 시간에 따라 달리 보인다. 내 마음속에 오지가 있다는 것은 오지와 오지 사람들에 대한 느낌과 인상이 결국 내가 나 자신에 한 투영에 지나지 않음을 단적으로 말해준다. 오지라고 말하지만, 실은 내가 그렇게 인정한 것에 불과할 뿐, 오지를 담보할 근거들은 참으로 적다. 구체적으로 말할 수 있는 것이 많지 않다. 오지는 지리적인 원근으로 말할 수 있는 것이 아니다. 오지는 먼 곳이 아니라 내가 모르는 곳에 숨어 있다. 오지는 내가 모르는 곳이다. 모르는 곳일 뿐 이미 오래전부터 그 자리에 있어온 곳이다.

도시에서 먼 곳으로 찾아가는 여행이 즐비한 요즘, 오지에 대한 환상과 오지 사람들에 대한 미망에 빠뜨리는 여행이 점점 늘어나고 있다. 나는 다시금 내 여행 방식을 질문하고 있다. 너무 쉽게 다녀와서 낙관적으로 글을 쓰는 것도 반성하고 있다. 길이 분명하고 장소가 정해진 터라 오지를 찾아가는 일은 점점 쉬운 여정이 되고 있다. 예전처럼 지난한 과정이 생략되고 있다. 이곳과 저곳의 경계선을 뚫고 저곳에 사는 사람들의 삶에 대한 최종적인 인식에 도달하기 위해서는 더 천천히, 마치 눈먼 사람의 더듬거림이나 초보자들이 겪는 시행착오를 되풀이해야 할 것이다. 아픔과 슬픔 없이 오지 마을을 찾아가는 여정은 여행사가 마련한 프로그램과 다를 바가 없다. 오지를 찾아가는 여정은 수동적인 참여가 아니라 적극적인 행위이다. 그것은 오지가 이럴 것이라는 습관적 판단, 그곳에 사는 사람들에 대한 경박한 이해 혹은 무관심 등과 같은 방해물을 제거하고, 우리가 그 모든 것을 진실하게 받아들이도록 요구한다. 여기에 우리가 오랫동안 전혀 짐작도 못한 채 숨어 있던 오지가 새롭고 명확한 모습으로 다가오는, 이른바 오지를 있는 그대로 발견하는 기쁨이 있다.

<hr>

광화문에서 뒷골에 이르기까지

산에 눈이 내려 길이 사라져버렸다. 읽고 있던 책 『걷기, 인간과 세상의 대화』_{조지프 A. 아마토, 김승욱 옮김, 작가정신, 2006}를 덮고 집을 나섰다. 눈으로 뒤덮인 인적 없는 길을 더듬거리며 빠져나간다. 청와대 정문과 마주하고 있는 경복궁 북문인 신무문이 45년 만에 열려 다닐 수 있게 되었고, 한양성 성곽도 출입이 통제된 지 38년 만에 조금씩 열려 당당하게 걸어갈 수 있다. 북악산 기슭이 모두 개방되면 삼청동 쪽 홍련사나 와룡공원에서 숙정문과 촛대바위를 거쳐 북악산 정상을 올라 서쪽 창의문으로 내려오는 것이 가능하다. 이렇게 되면 창의문에서 인왕산까지 연결되어 사직공원으로 내칠 수도 있고, 다리품을 판다면 서대문 안산을 올라 홍제천에 이어진 모래내를 거쳐 한강까지 걸을 수도 있다. 걷다 보면 길이 단어와 마찬가지라는 생각이 든다. 길게 혹은 짧게 이어지고, 흐르고 흘러 삶의 풍경을 이루고 있기 때문이다. 사람들은 길을 만들고, 길을 걷고, 길에서 그 굴곡을 사유하고, 그 길을 따라 나아가고 되돌아온다.

서울에도 오지 마을은 있다. 종로구 부암동 뒷골이 그 한곳이다. 뒷골은 청와대 뒷자리에 있는 마을이고, 광화문에서 걸어갈 수도 있는 곳이다. 광화문에서 청와대 쪽으로 돌아가면 인왕산 아래 청운동이다. 여기서 부암동을 가려면 반드시 청운동 꼭대기에 있는 자하문 고개를 넘어서야 한다. 자하문紫霞門은 창의문彰義門이라고도 한다. 창의문은 도성 4소문 가운데 하나로, 경복궁의 주산인 북악의 서쪽 끝자락에 있다. 태조 5년(1396년) 서울에 있는 4대문 4소문과 더불어 건립되었다. 창의문은 지금도 원형을 잘 간직하고 있다. 축대, 기와지붕, 무지개 모양의 문틀인 홍예虹霓, 성벽 등이 고스란히 보존되어 있다. 창의문에는 옛길이 남아 있고, 그 아래는 차들의 통행을 위한 자하문 터널이 뚫려 있다. 그러나 사람들은 차를 타고 자하문 터널을 오고 가기 때문에 그 위에 창의문이 있다는 것을 잘 알지 못한다. 동네사람들만이 세종문화회관이나 교보문고 앞에서 버스를 타고 자하문 터널 못미처 고개에서 내려 성곽으로 들어선다. 자하문은 왼쪽으로 인왕산, 오른쪽으로는 청와대가 있는 북악 사이에서 잘록한 고개에 자리하고 서울의 중심부를 내려다보고 있다. 청계천의 물은 여기서부터 흘러내리고 있다. 터널을 나오면 부암동 동사무소가 있는데, 그 뒤편에는 빙허 현진건이 살던 집터가 있고, 안평대군 이용이 꿈속에서 본 무릉도원과 같아 정자를 짓고 글을 읊은 별장이었던, 무계정사武溪精舍 터가 있다.

　　문헌에 보면, 청운동의 옛 이름은 자핫골이다. 집이 오늘날처럼 없다고 하면 이 골의 풍경은 더더욱 아름다울 것이다. 집들이 많아도 이 골은 나무가 많고 인왕산과 북악산이 곁에 있어 서울에서 가장 아름다운 곳이라고 할 수 있다.

　　창의문을 나서면서 부암동이 시작되고 큰길을 따라 내려가면 '인간을 구제한다'라는 뜻의 홍제천에 닿는다. 오른쪽으로는 인조반정을 모의한 정자 세검정이 가까이 있다. 홍제천은 북한산에서 발원해 남서쪽으로 흘러 한강으로 이어지는 길이 12킬로미터의 하천이다. 여기에 서대문구와 경계를 이루는 아름다운 홍지문과 홍제천으로 침입하는 외적을 막기 위하여 개천을 가로질러 다섯 개의 수문을 만들고 그 위에 방어벽을 쌓은 오간대수문이 원형을 그대로 유지한 채 있다. 이 삼거리에는 상명대학교로 올라가는 길이 있고, 왼쪽에는 서울시 지정문화재 제26호인 석파정石坡亭이 있다. 원래 조선 말기의 대표적인 별장인데, 철종 때 영의정을 지낸 김흥근의 것이었다. 흥선대원군은 집권한 후 자신의 아호를 석파라 하고, 이 별장을 자신의 것으로 삼았다.

　　옛날에는 부암동의 들머리에 높이가 2미터쯤 되는 큰 부침바위(이 바위에 자기 나이만큼 다른 돌을 문지르면 손을 떼는 순간 돌이 붙고 아들을 낳는다는 전설이 있다고 한다)가 있었다. 이를 한자어로

부암付岩이라고 하고, 이 일대를 부암동이라고 일컫는다. 지금은 자하문 터널을 만들면서 바위가 없어졌지만, 옛 사진 속 부암 바위 표면은 떡에 새긴 문양처럼 패여 있다. 아들을 낳기 위하여 숱한 여성들이 바위를 손으로 문질러 생긴 자국이다.

뒷골의 풍경

부암동 뒷골로 들어가는 길목은 좁은 문을 떠올리게 한다. 자하문 고개를 나와 오른쪽으로 돌면 북악 산길인 스카이웨이가 나온다. 그 길 들머리 왼쪽으로 나 있는 좁은 길로 들어서면 왼쪽에 환기미술관이 있고, 곧바로 언덕을 따라 올라가면 안골을 거쳐 뒷골에 닿게 된다. 오지 마을의 발견에는 언제나 몇 가지 공통점이 있는데, 첫 번째는 시작에 숨을 조금 헐떡거리며 걸을 정도로 고통이 뒤따르는 것이고, 두 번째는 그 끝에 마을이 있지 않을 것 같은 환경에도 불구하고 조붓한 산골 마을을 보며 나름대로 도취에 이른다는 것이다. 이 두 가지 현상은 정반대의 것으로, 기쁨과 고통은 멀리 있는 것이 아님을 뜻한다.

뒷골로 올라가는 길은 걸어갈 수밖에 없는, 안골 마을의 골목이다. 조용한 안골의 끝자락을 숨 가쁘게 넘어가면 적막한 뒷골로 내려가는 길에 맞닿는다. '고개 너머'라는 말은 걸어가는 이의 몸을 힘들게 하는 어떤 수사적 마력을 지니고 있다. 고개를 넘어야 마을에 닿을 수 있다는 것은 도시에 사는 이들에게는 매우 상반적이되 보충적인 것이 된다. 그러니까 평면의 길에서 가파른 고갯길의 대칭은 걸음걸이를 불편하게 하지만 그 노고의 끝에 이르러 놀라운 풍경과 만날 수 있기 때문이다. 나는 이런 몸의 경험이 오지를 찾는 매력이라고 여긴다. 이 길로 가면 정말 마을이 있을까라는 의혹과 마을까지 힘들게 가게 될지도 모른다는 두려움 등을 품고 걷게 된다. 걸을수록 마을이 생각보다 못할 수도 있다는 염려가 커지는 것도 사실이다. 그러나 그럴수록 그런 의혹은 걷는 이의 몸속으로 녹아 들어가 어떤 가치를 갖게 한다. 이윽고 고개를 지나 뒷골에 다다르면 아주 작은 한 마을이 오롯이 내 안의 오지로 자리잡게 된다.

부암동 뒷골로 내려가면 주차를 할 수 있는 좁은 공간이 나오고, 그 앞, 물이 졸졸 흐르는 좁은 계곡가에는 앵두나무가 즐비하다. 앵두가 거의 다 익었다. 예부터 뒷골에는 앵두꽃과 복사꽃이 지천으로 피어 있었다. 부암동 뒷골이 이렇게 도시 속 오지 마을로 남을 수 있었던 것은 정부의 그린벨트 정책과 군사 보호구역으로 묶여 있었기 때문이다. 뒷골 위쪽에서 아래쪽 백사실까지 약 열여덟 채 정도가 있는데, 집은 낡아 허물어져가고 있었고 텃밭들이 많았다. 놀라운 것은 도심 속에 이런 마을이 존재한다는 사실이다. 나는 이곳을 내려다보면서 마을의 아름다움에 감동하기보다 곧 사라질지도 모른다는 불안감에 휩싸였다. 태어났고 존속하고 있는 뒷골이지만, 어느새 도시의 물결이 물밀듯 다가올 수도 있다는 우려 때문이다. 도심 속 뒷골이 오지 마을의 풍경을 그대로 유지할 수 있을까? 나는 뒷골이 사라질지도 모른다는 불안감에 이곳에 더욱 관심이 끌렸다. 그렇다. 프루스트는 "우리는 완전하게 소유할 수 없는 것만을 사랑할 수 있다"라고 썼다. 내게 뒷골은 그런 곳이었다.

뒷골은 숨어 사는 이들을 위한 구석이다. 계곡가에 붙어 있는 좁은 길을 따라 내려가면 백석동천이라는 글자가 새겨진 바위가 나오고, 그 아래에 비밀정원과 같은 백사실 계곡이 있다. 계곡 가운데에는 풍경의 짜임새가 잘 간직된 연못이 마치 아무것도 아닌 것처럼 있다. 그 테두리에는 수백 년 된 나무들이 즐비하다. 지름이 10미터쯤 되고, 전체적인 짜임새가 품위와 더불어 잘 간직되어 있는 연못이 그냥 있다. 한나절 빌려 놀면 참 좋을 것 같은 곳이다. 서울시도 백사실이라는 명칭만 확인하고 새겨놓았을 뿐, 이곳의 역사를 분명하게 밝혀내고 있지 못하다. 더러 조선 중기 문인인 백사 이항복이 별장을 짓고 산 터라고 하지만 전하는 이야기일 뿐,

문헌으로 고증된 바는 없는 듯하다. 이 막연한 공간이 내 안으로 두려움으로 들어온다. 도심 속 오지라는 이름으로. 그렇게 오지에 가고 싶다는 욕망과 두려움은 하나의 짝패로 같이 있다.

낮은 산이 에두른 오래된 서울의 강북은 길을 향한 끝없는 대화이다. 서두를 필요가 없는 이 길을 걷는 것은 마을 전체가 다 보이는 이른 아침에도 좋고, 해 저무는 황혼녘에는 몽상에 흠뻑 취할 수 있어 좋다. 늙어갈수록 길을 잃고 있다.

겸손한 담

철없던 시절 나는 가두리 양식장 같았던 집을 싫어했다. 그 시절 지붕이나 담장 위로 올라가는 것은 해서는 안 되는 금기와 같았다. 나는 정해진 문으로만 들어오고 나갈 수 있었다. 문 옆에 있는 것이 담이었다. 담은 집을 바깥과 구별하기 위한 경계다. 문이 닫혔을 때 나는 담을 넘어 집 안으로 들어갔다. 문으로는 서서 걸어 들어가지만 담으로는 기어 올라가야 했다.

그 후 담은 없고 문만 있는 아파트에 살다가 다시 문마저 없는 집에서 살고 있다. 아파트에 들어서면 정문 경비실이 있고, 다시 동에 들어서도 경비실이 있고, 승강기를 타고 내리면 내가 사는 집의 문이 있다. 다시 방문이 있다. 나는 여러 개의 문으로 차례로

들어간다. 나올 때는 그 역순을 밟는다. 아파트에 살 때 옥상은 가보지 못했다. 그곳은 늘 닫혀 있었다. 관리사무소에 가서 부탁을 하면 가볼 수는 있었겠지만 그 절차가 귀찮아 가볼 엄두를 내지 못했었다.

문과 담은 서로 길항한다. 문은 열려 있을 때보다는 닫혀 있을 때 문다워진다. 그러므로 문은 닫히기를 먼저 하고 나중에 열리고 다시 닫혀야 그 움직임이 마무리된다. 반면에 담은 기회를 준다. 문이 열려 있을 때 담은 그저 서서 졸 수밖에 없다. 그렇다고 집을 에둘러 막고 있는 담을 모두 문으로 대체할 수는 없다. 내 몸에 가릴 곳이 있는 것처럼 집도 밖에 보이기를 삼가는 곳이 있다. 그런 곳은 문이 아니라 담이 막아낸다. 담이 문의 높이와 집의 높이를 훨씬 넘어설 수는 없다. 담은 문의 높이보다, 집의 높이보다 낮아야 한다.

담은 문과 집보다 겸손하다. 문이 담보다 높은 집이 있다. 솟을대문이 집 정면에 버티고 있는 집이 있다. 봉건주의 시대, 문의 크기는 집의 규모와 그곳에 사는 이의 세도를 말해주는 기호였다. 그것은 아직도 유효하다. 문이 크면 집이 그 안에 잠긴다. 커다란 문이 권력과 같은 것이라면, 그 큰 문 안에 자리 잡은 집은 집이 아니라 그때부터 대臺, 관館이라는 이름을 얻게 된다. 청와대, 백악

관처럼. 그런 곳은 예외 없이 담보다 문이 크고 화려하다.

담은 담과 붙은 문을 지탱해주면서도, 그 안에 있는 집을 감추지 않는다. 그것은 담이 집과 집 바깥의 세상을 단절시키지 않는다는 뜻이다. 담은 가로막는 벽이면서 동시에 세로로 이어놓는 다리와 같다. 집은 문을 통해서 세상과 만나고, 담을 통하여 그 크기를 유지한다. 옛사람들은 문을 통하여 예의를 주고받고, 담을 통하여 정분을 키워갔다. 문은 서로 만나는 사람들에게 분명한 절차를 요구하지만 담은 시도 때도 없다. 담은 절차가 아니라 오고 가는 시선으로 사람의 만남을 가능하게 했기 때문이다. 옛날 영화를 보면 사람들은 문을 엿보지 않고 담을 기웃거리다 고개를 들어 올려 쳐다본다. 그것은 담에 올라가 집 안을 둘러보는 것이 훨씬 잘 보이기 때문만은 아니다. 담에 올라 보는 것은 예의를 요구하지 않기 때문일 것이다. 어차피 몰래 훔쳐보려 한다면 사람을 억압하는 문을 통하지 않을 것이다. 닫힌 문을 열어야 하고, 문 안으로 발을 들여놓는 것은 규칙 위반이기 때문이다.

그런 이유인지는 몰라도, 문을 몰래, 함부로 열고 들어오는 것은 엄하게 다스리는 데 반하여, 담을 넘고 들어오는 일은 도둑이 아닌 경우 관대한 것이 인지상정이다. 문은 고작해야 앞문에 중문 그리고 뒷문이 있을 뿐이다. 그러나 담에는 무수한 통로들이 뚫려 있다. 이른바 개구멍이라는 것. 문이 집의 눈과 입과 같다면, 담은 집에 뚫려 있는 무수한 구멍과 같다. 그것은 사람의 몸에 비유한다면 귀, 코, 숨, 땀, 똥구멍과 같다. 눈과 입에 비하여 열등하게 여겨지는 귀, 코, 숨, 땀, 똥구멍. 그러므로 눈과 입에 비하여 크지 않고 낮고 많다. 아파트는 담이 없는 대신 문이 너무 견고한, 그래서 허한 집이다.

푸른 산빛을 깨치고 단풍나무 숲을 향하야 난 작은 길을 걸어서…….

—한용운, 「님의 침묵」에서

길을 걷는 것은 배우지 않고도 할 수 있는 일이다. 하지만 발을 옮기지 않으면 내 위치는 한 치도 변하지 않는다. 같은 동작을 수없이 해도 자기기만에 빠지지 않는 것이 발걸음이다. 그것은 제 스스로 두 발로 움직이지 않으면 한 치도 앞으로 뒤로 나아갈 수 없다는 것을 구체적으로 체험하게 한다. 걷는 것은 자발적인 움직임이다. 걸음은 최적의 즐거움을 안겨준다. 그것은 산속에서 배낭

을 메고 지도에 의지한 채 낯선 길을 찾아 걸을 때의 충만함과 같다. 돌이켜보면 산을 오르고 능선을 따라 걷는 일은 내게 세상과 삶을 다시 연역할 수 있는 계기였다. 배워서 걸은 것이 아니라 걸으면서 많은 것을 다시 배울 수 있었다. 걸은 적이 있는 길을 다시 걷더라도 부질없다고 여긴 적은 한 번도 없었다. 산속에서, 옛길 위에 머물면서 나는 이루 말할 수 없을 만큼 즐거웠다. 걷는다는 행위는 매순간 사유가 벌이는 축제와 같았다. 걸으면 몸은 앞으로 나아가지만 사유는 근원적인 방향으로 향한다. 눈에 보이는 것, 발아래 밟히는 것, 귀에 들리는 모든 것들이 본질로 와 닿는다. 길을 걷다 보면 다시 제자리로 돌아오고 있다는 순환적 몽상에 빠질 때가 있다. 진정으로 사물과 친근해지기 위해서는 걸어야 한다.

깊은 산에서 가장 먼저 만나는 것은 희미한 옛길이다. 길옆에 숲과 나무가 있고, 길 끝에 집과 사람이 있다. 내가 좋아하는 길은 숲 속에 난 오솔길이다. 그 길은 산으로 들어가는 나무와 풀로 이루어진 시간의 동굴 같다. 숲 속의 길로 들어간다는 것은 인공의 삶을 포기하고 자연의 삶으로 들어간다는 것을 뜻한다. 그러므로 숲으로 '들어간다'고 하지 말고 숲으로 '돌아간다'고 말해야 할 것이다. 숲은 문명과 상처의 삶으로부터 그 이전의 삶을 되찾게 하는 아직 남아 있는, 잃어버린 낙원이기 때문이다.

숲은 문명의 삶이 아니라 야생의 삶이 있던 곳이다. 야생의 삶이란 거친 삶이 아니라 온전한 삶을 뜻한다. 숲으로 돌아가면 누구나 자세가 경건해진다. 모든 것이 벌거숭이로 존재하는 숲에서 사람들은 경망하게 노래하지 않고, 술에 취해 몸을 맘대로 하지 않는다. 자연의 총체와 같은 숲은 시간을 초월한다. 숲이라는 공간에서는 물질의 생성과 소멸이 이루어지는 리듬을 경험해야 한다. 숲 속의 길은 지속되고 있는 리듬의 완만한 흐름과 같다. 사람들이 숲 속에 들어가게 되면 태도는 단순 명료해진다. 숲은 사람들이 자연 그 자체가 되도록 하면서 길들인다. 숲은 사람을 끈다. 숲은 고정되어 있되 걷는 이를 침범한다. 숲은 절대적인 고독과 같아 보인다. 숲에 있는 나무와 나무 사이에도 고독이 있는 것 같다. 서로 바라본다는 것은 고독하다는, 고독한 존재라는 것을 상기시킨다. 누군가가 걸어 들어간 어렴풋한 흔적이 있는 길은 깊은 고독으로 이끄는 유혹이다. 프랑스의 소설가 피에르 드 망디아르그가 말한 것처럼 "길, 외로움의 시냇물"이다. 이런 길에서는 길을 잃고 헤매는 것이 그리 나쁘지 않다. 고독하기 때문인가.

_______ **외롭고도 내밀한 옛길**

길이 있고, 옛길이 있다. 옛길은 텅 비어 있다. 굽은 산길을 가다 만나는 모롱이에서 우리는 지정거릴 수밖에 없다. 옛길을 걷다 사라진 세월을 마주본다. 옛길은 우리가 걸으면서 보는 길이지만 동시에 추억하는 길이다. 옛길과 친밀해지는 것은 길과 걸어가는 이의 깊은 곳에 자리 잡고 있는 추억이 조응해서 어떤 내밀한 관계를 만들고 있기 때문이다. 밟지 않은 내 앞의 길과 지나간 발자국을 위로하는 것은 떨어진 낙엽들과 흔적 없이 길을 가는 바람뿐이다. 옛길과 운명을 같이하는 것은 사람이 아니라 길섶의 나무들이다. 천둥과 비바람을 피하지 않고 서 있는 나무들 아래로 옛사람들이 다녔던 길이 있다.

인적이 드문 옛길은 외롭다. 옛길을 가는 이들은 어디서나 외로운 사람들이다. 외로움이 비수처럼 허리춤에 찾아들 듯, 외로운 이들은 옛길을 찾아 들어간다. 그 옛길을 걸으며 외로움 그 자체가 된다. 걸을수록 옛길에 대한 막연한 기대는 커진다. 이런 길을 따라 오고 가는 이들은 얼마나 행복했을까. 이 길은 과거와 괴리가 없다. 옛사람들도 이 길 위를 걸어갔을 테니 과거와 오늘의 존재 방식이 다를 리 없다. 길은 그 길을 따라가면서 잃어버린 세계를 꿈꿀 수 있을 때 옛길이 된다. 옛길은 보는 것보다 과거에 대한 노스탤지어가 스민, 자꾸만 되돌아보고 싶은 길이다.

길은 사람과 더불어 태어난다. 사람이 사라지면 길도 사라진다. 길이 있는 곳에 사람이 있었고, 사람이 있는 곳에 길도 있다. 그러므로 길은 사람이고, 사람은 길이다. 사람이 가는 것이 길이고, 길은 뒤따라오는 이들을 길들이기도 한다. 옛길을 걷다 보면 사람은 길을 걸으면서 길들여진다는 것을 깨닫게 된다. 옛길 위에 삶과 집이 포개져 있었다. 산속에 사는 이들에게 옛길은 그들의 삶을 결정짓는 운명이었다. 그 옛길은 산에서 나아가는 길이며 산으로 들어가는 길이었다. 옛길은 그 길을 낸 화전민들이 지닌 자연 속 생의 억척스러움만으로 끝나지 않는, 자연과 삶이 동화된 속 깊은 정서와 저항을 품고 있다. 그리고 자연과 더불어 사는 평등함을 드러내는 훌륭한 증거이기도 하다. 삶에는 변화하는 것이 있는 만큼, 변화하지 않는 것도 있다. 거시 역사가 아닌 미시 역사를 주창한 아날 학파는 '장기적 지속'이라는 개념을 통해 일상적 삶에서 변화하지 않는 것들을 지적했다. 오래된 옛길을 걸으면서 나는 화전민들의 삶, 뿌리 뽑히지 않는 강한 생명, 그 엄숙한 삶을 배울 수 있었다.

이렇게 쓰고도 나는 길에 대해서 할 말이 많다. 산이나 옛길에 관한 글을 쓰노라면 길을 정의하고 싶지 않을 때가 많다. 길이 여기서 시작되어 저기서 끝난다고 말하고 싶지 않을 때가 더 많다. 길이 끝나는 곳에서 다시 길은 시작되기 때문이다. 산길. 그것은 길이되 산 아래 길과 같지 않다. 산 아래 길이 효율과 속도를 위한 직선의 길이라면, 산길은 그것들과 관계없는 인간의 발걸음과 호흡 그리고 걸을 때마다 펼쳐진 새로운 풍경에 취하게 하는 돌고 도는 곡선의 길이다.

길은 겸손하다. 오래된 길을 보라. 그 겸손과 인내의 표정들을. 내가 산행을 오랫동안 즐겨 하는 것은 모두 길 덕분이다. 나는 길 위에 놓일 때 가장 인간답고 생생하고 보람 있다. 나는 그때 정말 살아 있는 것 같다.

말하라, 기억이여

말은 삶의 동력이다. 사람들은 말하기 위해서 살고, 살기 위해서 말한다. 살아 있다는 것은 말하고 싶다는 욕망의 소산이다. 말은 삶을 가능하게 하는 능산能産이다. 사람들은 혼자 말하기도 하고 누군가를 만나서 말하기도 한다.

말과 장소는 붙어 있다. 말의 크기와 장소의 개폐성은 서로 관계한다. 장소가 열린 공간이면 말하는 소리는 커지고, 닫힌 공간이면 줄어든다. 한 예를 들자. 내가 사는 동네에 처음으로 맥주를 마실 수 있는 조그만 술집이 생겼다. 서울 복판에 있는 동네지만 산으로 둘러싸인 곳이라 흔한 아파트도 없다. 가게라고 해봐야 오래된 구멍가게 두 곳이 있을 뿐이다. 사는 데 매우 불편하기 이를

데 없는 낡고 조용한 동네이다. 버스가 다니는 길가에는 허름하기 이를 데 없는 작은 중국집이 있었다. 그 집이 최근에 술집으로 바뀌었다. 한순간이었다. 우리 동네가 조용하다는 이유로, 서울 속 시골 같다는 이유로 신문에 자주 오르내리자 많은 사람들이 찾아온 탓이다. 음식을 실어 나르는 오토바이가 항상 그 중국집 앞에 놓여 있던 터라, 그동안 동네사람들이 차를 가지고 나갈 때나 들어올 때 그 집 앞길은 불편하기 이를 데 없었다. 다행히 새로 생긴 술집은 중국집에 비해서 깨끗했고, 앞길은 훤해졌다. 나는 늘 술집 앞을 지나다녀야 했으므로 자연스럽게 그 안을 들여다보게 되었다. 새로 생긴 술집이지만 사람들이 금세 북적거렸다. 가게 정면에 큰 문 네 개가 붙어 있었는데, 유리문이라 안이 훤히 보였다. 가게 안에서 술을 마시는 사람들은 안이 들여다보여도 별로 개의치 않는 것 같았다. 그들은 연방 말을 하고 있었기 때문일 것이다.

내 눈에는 조그마한 동네 술집이 극장 무대가 된 것 같았고, 사람들은 무대 위에 오른 배우들로 보였다. 늦은 밤 그곳에 있는 이들은 말을 하기 위해서 술을 마시는 것 같기도 했다. 술은 말을 이끌어내기 위한 오브제로 보였다. 그런데 술집이 생긴 지 열흘이 지났을 무렵, 주인은 유리문을 연한 창호지로 덮었다. 지나가는 사람들의 눈높이에 맞춰 종이를 바른 것으로 보아, 술집 안쪽을 보이지 않게 하려는 의도였다. 내 몸에 견줘 말한다면 무릎부터 머리까지쯤 이르는 곳을 종이로 덮었다. 그러자 사람들의 말소리가 사라졌다. 술집은 갑자기 조용해졌다. 사람들이 안에 있지만 말소리는 훨씬 줄어들었다. 전에 유리창 바깥으로 크게 들리던 소리가 거의 들리지 않게 되었다. 안이 밖에 드러나지 않자 소리도 한결 줄어든 것이다. 이를 어찌 설명할 수 있단 말인가? 말이 듣는 사람과 더불어 보는 이들을 절대적으로 필요로 한다는 것은 사실일 듯싶다. 듣는 사람이 없다면 말은 거의 줄어든다. 그리고 보는 이가 없다면 말은 또 반쯤 줄어든다. 종이로 가린 유리문은 삶의 가시성을 앗아갔다. 동네 작은 술집의 공연은 그것으로 끝났다.

______ 연극, 말하는 예술

동네 술집이 보여주는 풍경은 연극과도 같았다. 그 모습은 술집이란 공간에서 술을 매개로 상대방과 말하고자 하는 바의 결과이고, 말을 통해서 풍경과 같은 어떤 것을 생산하는 씨앗이다. 그러므로 말은 삶의 큰 자장이며 밑변이다. 말 없는 삶이 있을 수 없고, 삶 없는 연극은 존재하지 않는다. 연극은 말하는 예술이되, 말하는 이들이 등장해서 자신의 존재를 증명하는 현재의 예술이다. 연극이 말하는 이들을 위해서 공간을 필요로 한다는 사실은 모든 역사가 증명한다. 연극은 사람이 사는 한 존재할 수밖에 없는 예술이다. 독백, 방백, 고백, 침묵 등. 이 모든 것이야말로 연극이 말하는 형식들이다. 개인의 기억은 그가 관계 맺고 있는 가족과 사회라는 그물망 안에서 이루어진다. 말의 형식은 삶의 형식이고, 집단적 기억의 형식은 연극의 형식이다. 갇힌 공간에서 술을 마시는 일은 참 멋쩍은 일이다. 나는 더 이상 동네 술집 앞으로 걸어 다니지 않는다. 말이 들리지 않는 동네 술집은 죽어 있는 공간과도 같았다.

유리창을 종이로 가린 동네 술집 주인의 의도를 달리 생각해보았다. 말하는 이들을 숨겨놓기 위해서가 아니라 말하는 일이 힘든 노릇이라서 그렇게 한 것이라고. 그렇다. 말하는 것은 매우 힘들다. 말하기 위해서는 무엇보다도 제 삶을 들여다보아야 하기 때문이다. 생각해보라, 제 삶을 본다는 것이 얼마나 힘든지를. 말하기 위해서는 자신에게 솔직해야 하며, 말하기는 곧 자신에게 말 걸기이다. 제 삶은 모두 제 말을 지니고 있다. 그러므로 말하는 우리들은 큰 세상을 이루는 하나의 작은 세상이다. 각자는 이 세상의 주인공이다. 공연을 하는 장은 말하는 이들과 듣고 보는 이들이 모인 공간이다. 그 안에서 사람들은 말하고 듣고 본다. 여기서 말하는 자신감과 듣고 보는 동질감이 생겨난다. '만남의 장'인 극장이란 곧 타인의 삶을 너그럽게 받아들이는 공간이다. 극장에서 이루

어지는 공연은 장르가 달라도 배우는 우선 '나'를 말한다. 공연은
제 삶을 말하기이다. 이를 위해서 먼저 말해야 하는 작가들은 힘들
게 자신의 삶을 들여다보아야 하고, 그것을 글로 옮겨야 하고, 용
기 있게 말할 장소를 만들어야 하고, 지금, 여기에 공연으로 실행
해야 한다. 솔직하기란 매우 힘든 노릇이다. 더욱이 타인 앞에서
말하는 것은, 자신을 솔직하게 드러내야만 하는 것은, 상상하기조
차 힘든 일이다. 그래서 글 쓰고 말하는 이들의 시선은 낮은 곳으
로 기울기 마련이다. 언어의 순수성을 고민하기 때문이다. 말이 드
러내는 내용은 미래의 전망이 아니라 과거의 기억이다. 그것은 해
석이고, 왜곡이다. 말하기에서 왜곡과 해석은 곧 말하기의 허구를
낳는다. 그런 면에서 말하는 연극, 나아가 극장에서의 공연은 삶의
왜곡이며, 해석이며, 허구이며, 설명이다.

<u>______</u> 기억이 말하는 과거의 목소리

"말하라, 기억이여." 이 말은 러시아에서 태어나 미국에 망명
한 소설가이며 대학에서 베케트를 강의했던 나보코프의 자서전 이
름이다. 평생 나비를 채집하면서 호텔에 살았던 그가 늘 해야 했던
일은 기억이 말하는 과거의 목소리를 적는 일이었다. 그는 기억을
적는 것이야말로 사람의 역사를 찾는 길로 여겼다. 그래서 그는 혼

자 사는 집보다는 다른 이들과 함께 기거하면서 쉽게 만나 이야기할 수 있는 호텔 같은 공간이 필요했을 것이다. 그는 이렇게 말한다. 당신의 삶이 우리의 역사라고. 이 말을 받아, 나는 이렇게 쓰고 싶다. 내 삶이 우리의 연극이고 공연이라고. 우리 동네 술집이 유리문을 덮은 종이를 걷어내고 속이 밝게 드러나 보였으면 좋겠다. 내리는 눈을 바라보면서, 오고 가는 이들을 보면서 술을 마시며 말하고 싶다. 그러다 보면 노래도 할 수 있을 것 같다.

등산, 신성을 깨닫는 경험

산에서는 가을이 겨울과 같다. 늦가을에 눈이라도 조금 내려 산꼭대기에 쌓인 모습이 보일라치면 산에 오르는 이들은 겨울의 복판에 있다는 것을 실감한다. 가을 산이 겨울을 맞을 즈음, 동네 뒷산의 오솔길에는 낙엽이 쌓여 걷는 이들을 즐겁게 한다. 낙엽 진 나무와 나무 사이로 난 침묵하는 길은 여름보다 훨씬 훤하다. 멀리 있는 풍경이 눈앞에 바투 있는 것 같다. 이맘때가 되면 산은 정갈하기 이를 데 없다. 소리 내는 많은 것들은 제 모습을 감춘다. 계곡에 흐르는 물도 겨울에는 얼음 속으로 모습을 감출 것이다.

산행은 늘 우리를 어떤 삶으로 초대하는 것 같다. 그곳에는 눈을 감고 보아야 하는 희망도 있고 우리를 절망하게 하는 아름다

움도 있다. 그런 면에서 산행은 모험이기도 하다. 산에 가지 못하고 집에 있으면 내 관심은 두 가지로 나누어진다. 하나는 집 안에 갇혀 지내는 자신에 대한 관심과 관찰 같은 것이고, 다른 하나는 갇혀 살면서 바깥을 바라보는 태도와 시선이다. 안정감과 조화로움을 지닌 산에 오르기를 좋아하는 내게, 집 안에 갇혀 산다는 것은 큰 결핍이다. 그럴 때 나는 갇혀 있으면서 바깥의 산을 바라보게 된다. 산을 향한 태도와 시선은 이때 태어난다. 그 가운데 가장 깊은 태도와 시선은 산에 관한 책을 읽으면서 빛난다.

산에 관한 책 가운데, 내가 곁에 놓고 자주 읽는 책은 영국의 산악인인 프랭크 스마이드가 쓴 『산의 환상』안정효 옮김, 수문출판사, 1989 이다. 이 책은 산행에 관한 것이되, 길 안내가 아니라 자연을 사색하고 명상하는 이의 독백이다. 이 책을 읽으면 내 안에 산 하나가 자리 잡는다. 이제는 자주 읽어 외우고 있는 구절도 있다. 가령, 이런 글귀는 절창이다.

산은 소박한 사람들을 위해서 창조되었다. 산을 오르고, 이성과 육체가 완벽하게 일치하고 조화를 이루며 일하는 것을 느끼고, 아름다움을 본다는 것은 기분 좋은 일이다. 그곳에는 발견해야 할 건강이 있고, 철학과 평화로운 이성과, 고요한 영혼도 있다. 등산에는 추적이나,

피에 대한 굶주림이나, 고통에 뿌리를 박지 않고, 그보다는 인간과 자연 사이에 개별적이고 밀접한 무엇에, 그리고 자연을 통해 신에게 뿌리를 박은 그런 목적의 힘이 존재한다.

이 글을 주문처럼 반복해서 읽으면, 산행은 삶의 결정체처럼 여겨진다. 산길을 걸어 오르고 내리는 일이 자연과 일치하고 신성을 깨닫는 경험임을 알게 된다. 이런 글귀 또한 새롭다.

산에서 어떤 다른 시간보다도 더 아름다운 시간을 꼽는다면 그것은 해가 지는 시간이다. 이 시간은 정신적인 아름다움과 평화와 이해의 시간이다. (…) 그대는 아름다움을, 산과 꿈꾸는 바다의 아름다움을, 밤새도록 살아 있을 빛의 아름다움을 볼 것이며, 고요한 황무지 너머 더욱 고요한 바다의 침묵을 건너다보며 그대는 모든 창조의 영혼으로부터 유래하는 평화를 알게 될 것이다.

정말 그렇다. 산에서 야영을 하게 되면 산과 하늘이 구별되는 하늘금이 순간 사라질 때를 보게 된다. 이 순간 우리 자신은 자연 속에 물들어간다. 추위와 침묵과 산의 높이가 하나가 된다.

겨울이면 산에서 암벽등반을 하기가 힘들다. 바위가 차갑게 얼어붙기 때문이다. 젊은 시절 나는 산꼭대기에 눈을 두고 산에 올랐다. 이제는 산의 풍경을 이루는 모든 자연에 시선이 간다. 지금은 산에서 야영하기가 힘들어졌지만, 암벽등반과 더불어 야영은 내게 많은 영향을 미쳤다. 그것들은 스스로에게 위험을 강요하는 모험이기도 하다. 그러나 암벽등반은 사람들이 상상하듯 그렇게 가혹한 것은 아니다. 암벽등반은 본질적으로 통제되고, 질서정연한 몸 전체의 움직임으로 오르는 평화스러운 모험이다. 바위를 수직으로 오르는 춤이다. 스마이드는 암벽등반을 하면서 "어느 언덕에서 햇빛을 받으며 산들이 침묵으로 노래하는 소리를 듣기 위해 귀를 기울여도 좋은 그런 순간들이 찾아오"는 시간을 가장 큰 기쁨으로 여겼다. 암벽등반은 매우 탐미적 행위이다.

돌이켜 생각하면, 산행은 내 삶의 미래가 아니라 과거를 마주하는 섬세한 여정이었다. 산을 오르며 되새겨본 과거는 그 어떤 것도 경멸의 대상이 되지 않았다. 그런 탓일까, 스마이드의 이런 글귀를 읽다 보면 앞으로 나아가지 못하고 책을 잠시 덮고 깊은 생각에 빠진다. "산들을 오른다는 것은 과거를 정면에서 오르는 것과 같다. 황량한 능선들을 향한 바위산들은 우리들이 아끼고 존중하는 모든 것의 탄생과 성장"을 지켜봐왔기 때문이다.

겨울이면 곧이어 산에 눈이 내릴 것이다. 불의 기운을 가진 바위와 나무 그리고 계곡이 온통 눈을 이불처럼 덮고 있을 것이다. 겨울눈은 산을 더 단순하고, 더 아름답게 만들 것이다. 그렇다. 큰 배낭과 겨울 장비를 손보는 때가 된 것이다. 마지막으로 겨울 산행에 들뜬 내게 그가 이렇게 말하는 것 같다. '등산이란 정성을 다 바쳐서 해야 하는 것이지, 인간과 산이 벌이는 전쟁은 절대로 아니야' 라고. 나는 그의 말을 받아 이렇게 쓴다. 산에서의 발걸음은 늘 새로운 길이라고.

예부터 좋아한다는 것은 안다는 것과 비교되곤 했다. 그 두 개를 놓고 저울질하는데, 대개 아는 것이 좋아하는 것을 넘어서지 못하고, 좋아하는 것은 즐기는 것에 이르지 못하는 것으로들 말한다. 그것은 공자의 삶을 함축하고 있는 『논어』에 나오는 다음과 같은 문장으로 유명하다. "아는 자는 좋아하는 자만 못하고, 좋아하는 자는 즐기는 자만 못하다知之者不如好之者, 好之者不如樂之者." 다시 말하면, 아는 것이 사람을 단순히 변화 발전시킨다면, 좋아하고 즐기는 것은 사람의 운명을 송두리째 바꿔놓을 수도 있다는 것이다.

좋아하고 즐기는 것이 아는 것과 다른 점은 이것이 만족을 넘

어 위험이 뒤따른다는 점이다. 그것은 정상과 평상을 넘어서는 지나침이다. 너무 아는 것보다는 너무 좋아하고 즐기는 것이 위험해 보이기 마련이다. 그런데 또한 적당히 좋아하고 즐기는 것은 무언가 빠진 느낌을 준다. 좋아하고 즐긴다는 것은 알면서 지나침에 이르는, 앎이 통제할 수 없는 너머의 어떤 것임이 틀림없다. 그것은 어쩔 수 없는 안타까움이 아니라 그 무엇으로도 중지할 수 없는, 온몸의 세포들이 열리고 모든 감각들이 취하는 적극적 태도이다.

팬fan은 좋아한다는 뜻이다. 어원을 찾아 올라가면, 팬은 벼락 맞은, 영감, 계시, 광신, 숭배와 같은 뜻이다. 이들 단어는 한마디로 좋아함으로써 어떤 경지에 오른 상태를 말한다. 또한 많은 것을 얻어 깊어졌다는 뜻인데, 반면에 잃어버리게 되는 것도 하나 있다. 그것은 시선이다. 팬은 좋아함으로써, 좋아하고 즐기기 위하여 시선을 잃어버리는 사람이다. 좋아하면서 즐긴다는 것은 한 가지 시선으로 보기 위하여 나머지 시선을 모두 봉쇄해버리는 포기의 행위이다. 좋아하고 즐기기 위해서는 좋아하는 것을 제외한 나머지 것들의 포기를 두려워해서는 안 된다. 사랑에 빠지면 눈을 잃어버리듯이 좋아하는 행위도 일종의 맹목盲目이다. 깊은 사랑은 어느 정도 맹목적인 사랑이 아닌가.

그런 탓일까? 맹목의 신자들은 끼리끼리 모인다. 팬에 '사원

寺院에 관한' 이라는 뜻이 있는 것도 이와 같은 이유에서다. 여기서 사원이란 어떤 것을 좋아하는 이들이 모이는 장소를 뜻한다. 그 장소는 다른 이들과 자기들을 구별하는 첫 번째 조건이 된다. 사회와 학교뿐만 아니라 동네 아파트에서조차 결성되는 동아리, 무슨 무슨 동호회, 클럽 등이 이에 해당한다. 이런 모임이 많아지면서 그야말로 별의별 것들이 다 좋아하는 대상이 된다.

하지만 우리 사회는 아직 그런 수준에 이르지 못했다. 팬클럽이라고 해야 대중가요나 영화배우를 좋아하는 어린 학생들이 만든 것들이 주류를 이룬다. 동남아시아에서 우리나라의 인상이 매우 안 좋은데, 그 이유는 우리의 획일적이며 배타적인 성격 탓이다. 다른 나라를 여행하면서 끼니마다 우리 음식만을 먹으려고 안달을 하는 것이나, 무턱대고 동물을 잡아먹고, 가난한 이들을 무시하는 태도가 그 예이다. 배타적이란 시선을 잃어버리는 것이 아니라 시선을 고정시키는 것이다.

_______ **프로팬과의 소통**

팬의 반대말은 바깥을 뜻하는 프로pro가 붙은 프로팬profane이다. 앞의 것이 사원 혹은 절과 같은 성스러운 개념이라면, 프로팬은 절 바깥인 속세나 그 문 바깥에 있는 문외한을 뜻한다. 나는 팬과 프로팬을 반대 개념으로 보기보다는 상보적인 것으로 여기고 싶다. 성과 속을 구별하기보다는, 성이란 속이 제 자신의 한계를 극복해서 도달해야 하는 정점으로 여기고 싶다. 연극과 춤 그리고 뮤지컬을 포함한 모든 공연예술은 다른 장르에 비해서 성과 속을 쉽게 넘나드는 예술이다. 공연예술은 혼자 할 수 없는 장르이기 때문이다.

공연예술을 좋아하는 이들이 만나는 사원이 극장이다. 역사적으로 극장의 기원은 모두 사원이었다. 극장에는 문이 두 개 있다. 앞문으로 프로팬들이 들어오고, 뒷문으로 팬들이 등장한다. 이들은 극장이라는 공간에서 서로 제 모습을 확인한다. 팬은 프로팬들에 의해서, 프로팬은 팬들에 의해서. 이 얽힌 관계를 소통이라고 한다. 소통은 앞서 언급한 배타적이고 고정된 시선이 불러올 불행을 막는 역할을 한다. 텅 빈 극장과 사람이 떠난 폐가를 떠올리면 끔찍한 법이다. 텅 빈 거리와 마을을 보면 얼마나 을씨년스러운가. 그것은 배경과 관계없이 혼자 있기이며 혼자 말하고 듣기와 같다. 이런 모습은 절망의 정의와 같을 것이다.

그렇다면 팬, 좋아하는 행위가 지닌 시선의 결핍은 결국 타인의 시선으로 채워지는 것이 아니겠는가! 무수한 타인의 시선, 그것이 공연예술이고 건축일 터이다. '극장theatre' 이란 단어는 '보다' 라는 희랍어 동사 'theatron'에서 나왔다. 극장뿐만 아니라 건축에서도 황홀한 삶을 체험할 수 있다면, 그런 것들을 볼 수 있는 눈을 가졌다면 얼마나 행복할까? 팬, 듣기만 해도 전율이 오는 단어가 아닌가! 일상의 삶을 축제로 만드는 팬들, 그런 이들이 많다면 얼마나 좋을까!

여행하며

침묵, 그것은 낯선 길이라는 타인과
친해지는 내밀한 상태이며,
귀 기울이는 일이며, 자신의 몸을 낮추는 일이며,
그 길에 발을 들여 놓는 일이다.
그러하여 배우는 일이다.

아프리카 카이로는

몇 해 전 여름 이집트를 다녀온 후, 나는 꿈만 꾸면 번개처럼 아프리카로 달려가곤 한다. 불편하기 이를 데 없었던 그곳이 점점 더 내 안에 큰 자리를 차지하고 있다. 편하기만 했던 여행은 금세 잊히기 마련인 것 같다. 여행은 불편함으로 자신이 와해되어야, 위험한 지경에 이르러야 자신 속으로 깊게 회귀할 수 있는 것 같다. 그런 면에서 여행은 오늘의 시련을 그냥 받아들이는 것이다. 그 후에 꾸는 꿈은 매혹이 된다. 나는 다시 가고 싶다는 시련을 겪고 있다. 여행의 시작은 길고 긴 기다림이다.

처음 도착한 카이로 국제공항은 내가 본 공항 가운데 가장 어지러운 곳이었다. 사람들은 많았고, 모든 것이 뒤죽박죽으로 보였

다. 도착하자마자 나는 호텔로 들어갔다. 이집트는 호텔 안과 밖으로 나눠졌다. 호텔 안은 좋지만 밖은 전혀 달랐다. 호텔이 하늘이라면, 호텔 밖은 땅과 같았다. 이집트와의 접촉은 호텔 밖에서 가능했다. 그것을 깨닫는 데 오랜 시간이 걸리지 않았다. 다만 호텔 밖으로 나오는 용기가 필요했다.

카이로는 큰 도시이다. 과거의 영광과 더불어 근대 서구 열강의 식민지였다는 흔적이 이곳저곳에 남아 있었다. 호텔 안에서 만난 사람들은 친절했지만, 호텔 밖에서 만난 사람들의 얼굴은 어두워 보였다. 그들은 친절하지만 지치고 힘든 표정이었다. 한편 길거리의 식당과 카페에는 시계가 없고, 달력이 흔하지 않았다. 모든 것이 느긋하기만 하다. 그렇게 며칠이 지났다. 오, 아프리카, 여기가 진짜 아프리카일까? 나는 스스로에게 질문했다. 그것은 실은 내가 잊고 있었던 과거에 대한 복기일 터이다. 여기서 자꾸만 내 과거가 태어나는 것 같다. 그래서 묻고 또 물었다. 여기서 내가 다시 시작되는 것 같았다.

처음 며칠 동안 시내를 한두 시간 산책하고 호텔로 돌아오면 깊은 잠에 빠져들었다. 날은 뜨겁고, 교통은 최악이었고, 거리는 지저분했다. 길거리에는 경찰과 군인들이 많았다. 이집트 친구들은 1997년 룩소에서 있었던 반미 정책을 내세운 미국인 관광객 습

격 사건 이후, 치안이 강화된 탓이라고 말해주었다. 뒷골목 카페 의자에 앉은 이들의 모습은 지친 노동자와 같아 보이기도 했다. 겉으로 보면 그들은 시간을 허비하는 이들로 여겨졌다. 나일 강변에는 사람들보다 차들이 더 많았다. 매연은 심각했고, 더러 외국 관광객에게 다가와 물건을 사도록 강요하는 아이들도 있었다. 길거리에서 만나는 젊은 청년들은 빼놓지 않고 내게 어디서 왔느냐고 서투른 영어로 물었다. 젊은 청년의 얼굴에는 일상을 살아가는 억척스러움이 새겨져 있었다. 내가 본 이집트는 책에서 본 과거의 이집트가 결코 아니었다. 자전거를 타고 다니는 이들도 보지 못했다. 삶의 막막함이 느껴졌다. 나일 강변을 떠나면 서쪽으로는 사막, 위로는 지중해, 아래로는 나일 강 계곡, 동쪽으로는 시나이 반도와 홍해일 뿐이다. 그런 이유로 많은 이집트 사람들이 카이로에 거주하는 것 같다. 소음과 매연, 인구밀집 같은 것이 내가 받은 첫인상이었다.

삶이 그대로 재현되는 풍경

이집트 친구인 하셈은 두바이에서 일하다 다시 고향으로 되돌아왔다. 그는 날 이집트의 이곳저곳으로 데려다주었다. 그와 함께 동네사람이 모이는 길가 허름한 다방에서 차를 마시기도 했고,

그들이 주는 음식도 맛있게 먹어보았다. 가능하면 걸어 다니면서 카이로를 접촉했고, 차를 타고 사막을 다니면서 태양의 열과 빛을 온몸으로 받아들이기도 했다. 그럴수록 내 삶이 녹는 것 같았고, 내 안에 흡수되는 것이 늘어났다. 이것이 여행이 삶에게 가져다주는 성숙이라고 나는 믿고 있다.

나일 강은 북쪽에서 남쪽으로 흐른다. 여기서 부유한 지역은 강 건너편 서쪽이다. 나일 강 안에는 자말렉섬과 엘 마니알섬이 위아래로 떨어져 있다. 우리로 치면 큰 여의도와 작은 여의도, 이렇게 두 곳이 있는 것과 같다. 나일 강 건너편에 있는 엘 아구자, 엘 무한디신, 엘 도키, 엘 기자 지역(카이로 대학이 여기에 있다)은 사뭇 다르다. 카이로도 이렇게 구분되고 있다. 며칠 후 카이로 성채, 칸 엘 칼릴리 전통 시장, 아즈하르 모스크를 보면서, 나는 눈을 감고야 말았다. 풍경에 중독될 수 있다는 것을 그때 알게 되었다. 이 풍경이야말로 이집트의 영광은 아닐지 몰라도 이집트 사람들의 삶을 그대로 보여주는 힘의 원천으로 보였기 때문이었다. 시장에서 사람들은 우리의 과거처럼 쉬지 않고 일하고 있었다. 20세기 초, 이집트가 꼼짝없이 서구 열강의 식민지가 되었던 시절의 사진과 필름에서 본 영상들이 그대로 지금도 재현되고 있었다. 그 경험은 참으로 진하고 성스러웠다. 이집트 사람들의 살덩어리를 본 것 같았다. 나는 여기서 어떻게 살아야 하는가를 되물어야 했다. 힘들게 살아가는 이들의 모습이 그대로 재현되는 풍경은 연극보다 더 엄숙했다. 나는 그동안 잊고 있었던 인간의 삶과 죽음 사이를 한 치도 두지 않고 만나고 있었다. 그들의 벌거벗은 발은 코끼리처럼 두툼했고, 볼품이 하나도 없었다. 하지만 그것은 품위있는 인간의 몸뚱어리일 뿐만 아니라 고통으로 일그러진, 삶의 하중에 묶인, 혈액이 공급되고 있는 인간의 발이었다. 나는 그들의 눈을 깊숙이 들여다볼 자신이 없어졌다.

이제 카이로에서 들었던 차들의 경적 소리, 사람들의 소음이 다시 들리는 듯하다. 사람들과 상점이 많은 탓인데, 소음은 자신의 존재를 알리는 아우성 같다는 것을 뒤늦게 알게 되었다. 그리고 상점마다 팔고 있는 많은 옷과 신발 그리고 가방은 언제든 떠나고 싶다는 이집트 사람들의 욕망의 증표인 듯 보였다. 나일 강만이 조용했다. 레바논에서 온 미셸이라는 친구를 만났는데, 그는 늘 힘이 없어 보였다. 조국이 전쟁으로 엉망이 된 탓으로 그도 진정되지 않은 채 떠돌이처럼 지내고 있었다. 그는 늙지 않았지만 욕망하지 않는 지친 늙은이와 같았다. 이집트에서 나는 운명적으로 불행한 이들과 만나 쉽게 친구가 되었다. 레바논의 영광, 아랍 사람의 자존심은 불안과 침묵으로 그 속에 숨어 있는 것 같았다.

밤이 되면 연극을 보러 시내 중심가로 나갔다. 카이로에서는 매년 여름 국제 실험극 페스티벌이 열린다. 이 페스티벌의 취지는 아랍 연극을 통해서 세상을 보는 것이고, 세상의 눈으로 아랍 연극을 읽어내는 일이다.('Arab Theatre in the World, the World in Arab Theatre'가 이들이 내건 슬로건이다.) 이러한 국제 행사를 통하여 이집트를 비롯한 아프리카와 아랍 국가들은 문화의 수취인에 머물지 않고, 문을 열어 미래로 나아가려고 한다. 하지만 카이로에 연극 공연은 그리 많지 않았다. 극장은 사람들이 모이는 극장다운 역할을 하지 못하고 있었다. 힘들여 연극을 보러 극장에 오는 일은 어느 곳에서나 불가능해 보였다. 영국의 지배를 받은 이집트에는 잘 지은 극장 건물이 있고, 또 나일 강 안 섬에는 일본이 지어준 오페라 극장도 있다. 하지만 너무나 관료적인 분위기를 풍겼고, 일반 사람들은 감히 들어가기 힘든 곳인 듯 경찰들의 경계가 심했다. 이곳의 정치적 상황 때문일 것이다. 그런 탓인지 몰라도 관광객들은 과거의 이집트를 보러 올 뿐, 현재의 이집트에는 크게 관심을 두지 않는다. 잘살던 나라도 지칠 때가 있는 것 같다. 이집트는 크게 불확실한 지대와 같아 보였다.

카이로에 머무는 동안 나는 이집트의 경제학자이자 이집트

은행 설립자인 미단 타랏 하르브 동상이 있는 사거리에 자주 나갔다. 인터넷 카페가 있고, 정찰제를 하는 가게도 있었고, 무엇보다도 오래된 책방이 있었다. 프랑스 책들을 전문적으로 파는 책방도 있었다. 대학을 졸업한 젊은 점원들의 프랑스어 실력은 탁월했다. 책방을 나와 나는 카이로에서 가장 높은 곳에 위치한 무하메드 알리 모스크가 있는 이슬람 성채 시타델로 향하곤 했다. 그곳을 가기 위해서는 죽은 이들의 거주지인 묘지를 지나가야 한다. 우리로 치면 한 구역 전체이다. 그 안에 살아 있는 이들이 끼리끼리 모여 살고, 죽은 자가 산 자 곁에 누워 있다. 어린이들조차 삶과 죽음을 구분하지 않고 논다. 그래서 이들은 죽음을 두려워하는 것 같지 않았다. 나는 흙과 돌로 된 무덤 곁에서 뛰어놀고, 살고 있는 가난한 아이들을 보면서 죽음에 대한 공부를 했다.

돌이켜 생각하면 삶과 죽음 사이에 난 이 길이 이집트 여행의 백미였다. 내가 이집트를, 작게는 카이로를 잊지 못하는 이유는 여기에 있다. 삶과 죽음 사이로 난 비물질적 길이 그곳에 있었기 때문이었다. 처음에는 하셈과 같이 갔었지만 나중에는 줄곧 혼자 다녔다. 무덤 곁에서 낮잠을 자기도 했고, 어린아이들과 함께 공을 차며 놀기도 했다. 무덤은 100년, 200년을 훨씬 뛰어넘는 아주 오래된 것들이었다. 삶이 위엄을 지니는 것은 죽음의 깊이 덕분일 것이다. 카이로는 그런 면에서 끈적끈적한 도시였다. 경제는 어렵고, 정치는 불안하지만, 이들의 독립적인 삶은 엄숙하게만 보였다. 나는 다시 이집트로 간다. 마음이 뗜다. (이 글을 교정하고 있을 무렵 한국 청소년 축구 국가 대표팀이 이곳에서 열린 국제 대회에 참가하고 있었다. 그들은 게임에 져 준결승에 오르지 못해 울고 있었다. 이겼을 때 웃음도, 졌을 때 울음도 모두 숭고할 뿐이다.)

푸에블라의 웃음

재작년 6월, 비행기를 타고 미국 로스앤젤레스에 도착했다. 그곳에서 서너 시간을 기다린 다음에 멕시카나 항공으로 갈아타고 멕시코시티로 갔다. 다시 이곳에서 버스로 두 시간을 더 가서 푸에블라에 이르렀다. 이른 아침에 출발했는데 아주 캄캄한 밤에 낯선 도시에 내렸다. 하루 종일 시간과 장소를 이동한 셈이다. 낯설고 낯선 이곳에서 생애 처음으로 일주일 동안 머물렀다.

미국에서 비행기를 갈아타는 일은 흡사 전쟁을 치르는 듯했다. 비행기를 타는 이들 모두가 범죄자 취급을 받기 때문이다. 오늘날 세상은 사뭇 의심으로 가득하다. 옛날과 비교하면 요사이 사람들의 이동은 훨씬 쉽고 많아졌다. 소통의 매개는 점점 발달하고

미세해지는 데 반하여, 비행기를 통한 여행은 점점 더 불편해진다. 그러나 이곳에서 저곳으로 가야 하는 여행자들은 모든 삼엄한 보안검색과 불친절이라는 이름의 절차들을 아무렇지 않게 받아들이거나, 불편함과 비인간적 모멸을 견뎌내고 있었다.

미국과 일본은 외국인들이 자국 안으로 들어오면 사진을 찍고 지문을 찍게 한다. 미국의 경우, 비자를 얻지 못하면 체류뿐만 아니라 경유도 불가능하다. 그곳에서는 보안검색을 위하여 허리띠 고리를 풀어야 하고, 신발을 벗어야 하고, 주머니 속에 있는 모든 물건들을 꺼내 보여주어야 한다. 그러고도 검색대를 지날 때는 두 손을 들어 적군에 항복하는 자세로 서 있어야 한다. 그 사이 내 짐은 검색대를 통과하는데, 공항 직원들은 배낭 안에 있는 물건들을 꺼내서 줄 세워놓고 확인까지 했다. 웬만하면 나는 미국을 거쳐 가고 싶지 않았다. 서울에서 일본을 거쳐 가는 방법이 있는데, 출국 날짜와 도착 날짜가 비행기 스케줄과 맞지 않아 할 수 없이 미국을 거쳐 가야 했다. 나는 이런 몹쓸 대우를 받으며 미국 땅을 처음 밟았다. 여행자를 환영하는 미덕은 눈곱만큼도 없었다. 나는 미국 공항에서 이런 절차들을 접하며 국경이라는 것을, 나라와 나라의 관계라는 것을, 인간의 원초적 행로에 대하여 생각하게 되었다. 언제부터 국가는 여행자들을 검색하고 허락하기 시작했을까? 가

야 할 곳과 갈 수 없는 곳의 경계는 누가 만든 것일까? 공식 출입증
인 비자는 확인과 허락의 물증이지만 그 밑바닥에는 의심과 불안
이 자리 잡고 있다. 입국하거나 출국할 때 반드시 거쳐야 하는 검
색 역시 의심의 소산이고, 의심은 불안의 반영이다. 가장 큰 땅을
가진 미국은 지금 남을 의심하고 불안해 하는 나라가 되었다.

<u>　　　</u> **소박한 꿈 같은 중세 순례자의 길**

　요사이 젊은이들이 많이 가는 곳이 스페인 북부 피레네 산맥
아래 산티아고로 가는 '중세 순례자의 길'이다. 중세 옛길이 고스
란히 남아 있고, 길 곳곳에 알베르게라는 여행자를 위한 값싸고 편
한 숙소도 잘 되어 있어 많은 이들이 혼자, 더러 같이 걷는다. 나는
학생들에게 기회가 있을 때마다 스페인으로 가서 이 길을 걷고 오
도록 추천한다. 많은 이들이 피레네 산맥 아래 남쪽에 있는 '프랑
스 길'을 걷는데, 피레네 산맥과 가까운 '북쪽 길'이 좋다. 프랑스
로 돌아올 적에는 자전거를 타고 오면 더더욱 좋다. 그러니까 이
중세 순례자의 길은 900킬로미터를 걸어서 가야 하고, 되돌아올
때에는 900킬로미터를 자전거를 타고 와야 하는 길이다. 신앙에
대한 순례자들의 발걸음과 이곳에서 저곳으로 가고 싶은 유랑하는
인간의 욕망이 만든 유장한 길이다. 이런 길을 걷다 보면 길은 처

음부터 있었던 것이 아니라 '가면 길이 된다'는 길과 생의 아포리 즘을 깨닫게 된다. 그렇다. 삶도 그러하다. 이런 길에서 좌표는 하늘의 별이었을 것이다. 하늘의 별을 보면서 갈 길을 가는 것이다. 이때 인간은 우주의 깊이와 넓이를 경험하게 된다. '프랑스 길'은 중세 순례자 생 자크가 걷던 길로, 프랑스 남부 생 장 드 포르에서 시작해서 스페인 피레네 산맥 끝인 생 자크 드 콤포스텔 혹은 피스 테라까지 이어진다. 프랑스에 머물던 젊은 시절에, 프랑스 서남부 투르와 베제라이 그리고 르 퓌이 엉 블라이에서 시작하는 중세 순 례자의 길을 걸어보았다. 지금도 이 길을 걷기 위해서 전 세계에서 수많은 이들이 가장 가벼운 배낭을 메고 이곳에 몰려든다. 그리고 걸으면서 자신의 땀과 고통을 길 위에 흩뿌린다. 그들은 길 위에서 맑은 정신을 길어 올린다. 걸을수록 몸이 가벼워지는 이 길을 세상 사람들은 중세 이후 아직까지도 잊지 않고 걷고 또 걷는다. 그것도 한 달 반에서 두 달에 걸쳐.

중세 순례자의 길은 낮은 산길로 장엄하지 않되 소박한 꿈과 같은 길이다. 그냥 조개 표시(이는 순례자를 상징한다)가 있는 길을 따라가면 되고 힘이 들라치면 고개에 이르러 마을로 발길을 돌려 알베르게에 가서 잠을 자고 먹고 쉴 수 있다. 이 길은 걷는 이에 따라서 높은 히말라야 에베레스트가 될 수도 있는 법, 그것은 걷는 이의 경험에 따라 결정된다. 학생 시절 몇 번 같은 길을 따라 걸었지만, 느낌과 경험은 늘 새로웠다.

낮은 산길과 고갯길은 우리 몸처럼 제 스스로의 역사를 지닌 길이다. 길을 걷는 이는, 여행하는 이들처럼 한곳에 오래 머물 수 없다. 눈물과 울음을 금세 그쳐야 하는 것처럼, 늘 피레네 산맥 아래 마을의 풍경을 가슴속에 담고, 그 풍경을 쓰다듬으며 다시 걸어야 한다. 걷는 이는 최종적으로 그가 보고 느낀 풍경을 언어로만 저장할 수 있다. 풍경은 언어로 짠 직물과도 같은 것이 아니겠는가! 태초의 길은 어땠을까? 동서양을 막론하고 옛길에는 검색과 비자가 필요 없었을 것이다. 아니 검색은 걷는 자신이 하고, 비자 또한 자신이 발행하고 허락해야 했던 것이 아니었을까? 그것이 걷는 이를 길들이는 길의 매력과 위력이 아니었을까? 이런 길을 하염없이 한 생애 동안 걸을 때 '길이 곧 도道'라는 것을 저절로 알게 되지 않을까?

─── 웃음을 본받고 싶은 도시

푸에블라의 밤, 세상은 어둠 속에 있었다. 남미도 보이지 않았고, 인디언들도 멕시코 사람들도, 스페인 사람들의 피가 섞인 이들도 모두 내 앞에 없었다. 마중 나온 학생과 함께 택시를 타고 호

텔로 갔다. 다음 날 아침, 눈을 떠보니 대학 앞에 있는 이 호텔은
400년 전에 세워진 수도원 건물이었다. 복도와 방 그리고 계단을
보니 중세 수도원에 들어온 것 같았다. 나는 마음이 편해졌다. 미
국에서 받았던 업신여김을 금세 잊어버릴 수 있었다. 지정학적으
로 보면, 이곳은 멕시코에서 가장 오래된 도시이고 크고 넓은 멕시
코에서 네 번째로 큰 도시이다. 멕시코시티에서 보면 동쪽으로 136
킬로미터쯤 떨어진 곳에 있는데, 1531년에 정복자인 스페인이 세
운 도시 그대로 남아 있다. 도시 자체와 건물들은 모두 옛것 그대
로였다. 멕시코의 다른 도시처럼, 이곳의 해발고도는 2,149미터이
다. 그러니까 우리나라 지리산 천왕봉보다 훨씬 높은 곳이다. 어찌
보면 꿈인지 생시인지 모를 일이다. 지리산 위에 도시가 있다는 것
은 산에 오래 다닌 나도 꿈꿔보지 못한 일이기 때문이다. 나는 학
회 일로 푸에블라 대학에 머물렀는데, 독일 보쿰 대학에서 온 한
교수는 이곳 고산 지대에 오래 머문 탓에 안압이 올라 병원 신세를
져야만 했다. 머무는 동안 날씨는 맑았고 하늘은 푸르렀다. 어디를
둘러보아도 비옥한 땅이다. 상점에는 타일, 도자기, 면과 모직물
생산물이 많았다. 푸에블라 중앙에는 소칼로 대성당이 눈부셨고,
그 주변에는 16세기의 훌륭한 건축물인 카페와 식당들이 많았다.
1987년 유네스코는 피라미드가 있는 촐룰라와 함께 이곳을 세계문

화유산으로 지정하였다.

멕시코에 가기 전, 이 나라에 대하여 많은 불편한 소리들을 들어야만 했다. 한마디로 그것은 쓸데없는 걱정이었다. 멕시코는 매우 큰 나라이다. 비록 푸에블라에만 머물렀지만, 이곳에서 만난 사람들은 순박하기 이를 데 없었다. 특히 웃음이 본받고 싶을 정도로 순수했다. 나는 그런 웃음을 지어본 적이 없다. 내 안에 그런 웃음이 사라진 지가 오래된 탓이다. 글로 그들이 내게 준 웃음을 옮겨 적을 수가 없다. 배우의 연기처럼 보여줄 수도 없다. 몸에서 우러나오는 것이 웃음이다. 몸이 스스로 뿜어낼 수 있는 향기가 웃음이다. 몸이 숨길 수 없는 것이 웃음이다. 몸이 말보다 먼저 전하는 언어가 웃음이다. 언어의 경계가 없는, 아니 모든 경계를 무화시키는 곳에서 피어나는 것이 웃음이다. 의심과 불안을 단 한 순간에 물리치는 세상에서 가장 빛나는 무기가 웃음이다. 맛있는 음식, 값싼 물가를 훨씬 초월하는 푸에블라 사람들의 삶의 정수가 웃음이라는 미덕이다. 생의 아름다운 풍경이 웃음에 담겨 있는 이곳, 옛날 우리에게도 그런 웃음이 있었을까? 웃음의 도시, 푸에블라, 비바 멕시코.

몇 해 전 여름, 이탈리아 우르비노 대학에 다녀왔다. 뒤로는 아펜니노 산맥이, 앞으로는 아드리아 해안이 멀리 보이는 중세 마을에 있는 대학이었다. 내가 참석한 행사는 세계 대학연극학회가 주최한 제6회 세계 총회였다. 2년마다 한 번씩 열리는데, 이번에는 우르비노 대학 개교 500주년 기념으로 그곳에서 열렸다. 여러 나라에서 온 연극학과 교수들이 150명쯤, 학생들은 100명쯤 되었다. 교수와 학생들은 대학 기숙사에서 함께 지냈고, 대학 식당에서 하루 세 번 같이 식사를 했다. 매일 오전, 오후 주제별 세미나와 워크숍이 영어, 프랑스어, 스페인어로 진행되었다. 나는 둘째 날 오전, '연극과 기억' 이라는 주제를 발표했다. 연극을 창조하는 과정에서

기억의 획득, 보존, 변형, 표현이라는 네 단계가 지니는 미학적 가치에 관한 내용이었다. 저녁 식사 후에는 중세 성이었던 대학에 들어가 연극을 보았다. 중세에 지은 성 안에는 대학과 작은 마을이 그대로 공존하고 있었다. 공연이 끝난 후에는 성 안 광장의 카페에 앉아 참가자들과 공연에 관해서 이야기를 나누었다.

───── 매혹과 몽상의 도시

그날 노벨 문학상을 받은 바 있는 다리오 포가 우리를 축하하기 위해서 우르비노에 왔다. 집행위원회는 다리오 포와 브라질의 민중연극 연출가 아우구스토 보알Augusto Boal을 특별 초청했다. 다리오 포는 연극으로 권력과 폭력에 저항해 자신의 삶이 멍울로 변했지만, 큰사람이었고 존경받는 영웅이었다. 무대 위에서 그가 한 강연은 한 편의 즉흥극이었다. 여든 살에 접어든 그는 여전히 능숙했고, 자신이 본 미국과 이스라엘이 저지른 레바논 공격을 서슴없이 비판했다. 끝 무렵, 그는 우리를 향해 말했다. 코미디는 "슬픔의 정조로 하는 판타스틱"이라고. 다음 날 참가한 우리와 함께 찍은 사진이 지역 신문에 게재되기도 했다. 함께 오기로 한 아우구스토 보알은 몸이 불편해 참석하지 못했다. 다리오 포를 보면서, 이탈리아가 1944년부터 1954년까지 경험한 나치 파시스트 지배가 떠올랐다. 실제로 우르비노 마을회관에도 광포했던 나치 파시스트에 저항한 사람들을 기리는 글이 벽면에 새겨져 있었다.

우르비노는 매혹의 장소였다. 그곳은 삶의 시간을 강렬하게 만드는 터였다. 중세 마을의 골목이 주는 신비함, 그것은 물질적 세계를 넘어서는 황홀감이라고 할 수 있는데, 이 모든 감정을 오래된 골목과 집 곳곳에서 느낄 수 있었다. 라틴어에서 '신비'의 어원은 침묵이다. 그곳에 비밀이 있다. 우르비노와 같은 낯선 곳에 처음 다다르면, 길은 이렇게 묻는 것 같다. "당신은 그동안 어디 있었어요?"라고. 그 질문의 답은 첫발을 내딛는 것으로 충분하다. 그러면 시간이 멎어버린 길은 더 이상 질문하지 않고 침묵한다. 그것이 우르비노의 오래된 길과 첫 만남이었고, 시작이었다. 이제부터 낯선 것들이 친숙한 것이 되고, 멀리 있는 것이 가까이 다가온다. 침묵하고 있던 집과 골목 그리고 사람 들의 냄새가 나기 시작한다. 어떤 때는 그것들이 쉴 새 없이 몰려든다. 전혀 본 적이 없는 사람들, 전혀 걸은 적이 없는 길들이 섬세하게 다가온다. 같이 간 한 학생이 우르비노, 그 중세의 길에서 몽상에 잠겨 헤맨 적이 있었다. 그는 '현대'에 사는 자신이 중세에 있다는 '시대착오적' 환각에 빠졌다고 했다. 자신이 비사실적으로 여겨졌고, 길을 잃었다는 망연자실 속에서 놀랍게도 감각은 더 열렸다고 했다. 중세 우르비노의 마을 사람이 지금 다시 등장한 것처럼, 현재의 자신이 소멸되는 것을 느꼈다고 했다. 이런 곳에서 길을 잃으면, 자신이 녹초처럼 녹아내리고, 아주 시원적인 존재가 되는 경험을 하게 된다. 길은 지배력을 행사해서 길 잃은 이의 눈을 무기력하게 만들고, 가슴으로 느끼게 한다. 길을 잃고 걸어가는 모습에 극단적인 정숙함이 있다. 길을 잃고 헤매는 그에게 우르비노의 오래된 길들이 말을 걸고 있었던 것이다. 그에게 말을 하기 위하여 침묵으로 손을 내밀고 있었다. 침묵 속에서 길 걷기, 그것은 비밀 속을 걸어가는 것. 우리 또한 길을 잃으면 침묵할 수밖에 없었을 것이다. 침묵, 그것은 낯선 길이라는 타인과 친해지는 내밀한 상태이며, 귀 기울이는 일이며, 자신의 몸을 낮추는 일이며, 그 길에 발을 들여놓는 일이다. 그리하여 배우는 일이다.

_______ 영원한 침묵 속에서, 기억을 반추하면서

로마로 돌아가는 날, 버스는 우르비노 산 아래로 내려간 다음, 아펜니노 산맥을 가로질러 가기 시작했다. 험준하기보다는 장엄한, 긴 산맥이다. 버스가 카트리아 산(해발 1,702미터)을 넘어갈 때는 그냥 내리고 싶었다. 장비 없이도 산을 오를 수 있을 것만 같았다. 목동들이 살고 있는 집들도 드문드문 산속에 있었다. 로마에서 출발하면 반드시 이 산을 넘어야 페자로와 우르비노가 있는 마르케 주州로 올 수 있다. 아펜니노 산맥이 끝나는 곳에 페자로가 있고, 위로는 저 멀리 베네치아 만을 거쳐 베네치아가, 건너편으로는 그리스와 슬로베니아와 크로아티아가 있는 발칸반도로 이어진다. 모든 강물이 바다로 휩쓸려 들어가는 것처럼, 산도 결국 바다가 된다. 그곳에 침묵이 있다.

귀국해서 들입다 잠을 자고 있다. 그것 역시 영원한 침묵인 잠에서 깨어나고 싶지 않기 때문일 것이다. 처음으로, 일로 돌아가고 싶지 않다는 욕망이 일었다. 기억을 유지하고 싶어하는 노력일 터이다. 제 몸을 숨기며, 웅크린 채. 기억을 반추하면서.

Pardonne-moi, quelqu'un est là, où ju suis seul.

미안해, 내가 혼자 있는 거기, 누군가가 있어.

파리에서 혼자 이 글을 쓰고 있다. 얼마나 다행한 일인가? 모든 시간이 자신만을 위해 존재한다는 것이. 나는 철저히 혼자다. 이 얼마나 원하던 일이었던가? 나를 둘러싸고 있는 것은 시간뿐이다. 의무방어전으로 해야 할 일도 없고, 시간에 쫓겨 다른 이에게 달려갈 일도 없다. 기숙사 방을 잠그고 있기만 한다면 하루고 일주일이고 누구도 방문을 두드릴 사람은 없을 것이다. 나는 철저히 나와 함께 혼자 있다. 반대로 방을 나가지 않는다면 내 의지대로 누

구도 보지 않을 수 있다. 그만큼 철저히 나만을 볼 수 있다. 철저히 혼자인 만큼 고독하다. 의지적으로. 그때 나란 지금 글을 쓰는 내가 아니다. 그러나 또 다른 나를 쉽게 주변에서 찾을 수 있거나 만날 수 있는 것은 아니다.

이 방에는 전화도 없다. 밖으로 무엇인가를 전할 통신망이 전혀 없다. 내가 여기에 있는 사실도 아무도 알지 못한다. 사람들은 이 방에 누군가가 있다는 짐작만 할 뿐 누구인지 알려고 하지 않는다. 나 또한 그들을 알 필요가 없다. 가끔 화장실을 가기 위해 방 바깥으로 나가 복도에서 누군가와 눈이 마주쳤을 때 그냥 웃어주거나 간단한 인사말을 던지면 그것으로 충분하다. 혼자 있기 위해서. 혼자 있는 만큼 나는 완전히 고립되어 있다. 이 방은 지하 6호실 S06호다. 내가 이름이 있는 것처럼 이 방의 이름은 S06이다. 의미는 없다. 그냥 아무것도 아니다. 방의 이름이 아무것도 전하지 않는 것처럼 나란 존재도 이 커다란 기숙사에서 아무런 존재도 아니다.

_______ 글만을 쓸 수 있다

철저히 혼자 있는 나는 몇 가지 도구와 함께 있다. 책과 컴퓨터 그리고 프린터. 나는 그것들과 마주 보고 앉아 있다. 글을 쓰기 위해서다. 혼자 있을 때 최선을 다해 할 수 있는 일은 혼자 있다는 흔적을 남기기 위하여 글을 쓰는 일이다. 글 쓰는 일은 이렇게 시작되어야 한다. 사무엘 베케트가 죽는 날까지 하얀 벽을 우러러 한 점 부끄럼 없기를 바라면서 지냈던 것처럼 말이다. 베케트의 글은 나에게 이제 고도 대신 베케트를 기다리며 읽는 책이 되었다. 그도 죽어 책과 같은 고전이 되었다. 삶에도 고전이 있다면 나는 베케트의 삶을 말하리라. 오직 내 앞에 놓인 책과 컴퓨터, 이런 것으로 나는 글만을 쓸 수 있다. 혼자 이렇게 쓰지 않으면 안 된다. 그리고 입력한 것을 글자로 확인해볼 수 있는 프린터뿐이다. 혼자 있을 때 품게 되는 큰 욕망은 뭔가를 남기고 싶다는 것이다. 최소한으로 그리고 궁극적으로.

몇 가지 기억장치

책과 컴퓨터 그리고 프린터는 기억을 위한 기제라고 할 수 있다. 그런 면에서 나는 내 생리적 기억을 믿지 못한다. 의존하지도 않는다. 나는 기억을 저장하고 싶은 것뿐이다. 그리고 저장할 수 있는 기억만 믿고 의존하고, 동시에 저장된 기억을 신뢰한다. 최초의 기억장치는 사람이었을 터이지만, 지금 기억을 저장할 수 있는 것은 나 자신이 아니라 기계다. 오래전, 사람들은 기억을 위하여 살을 파고 문신을 새겨 넣었다. 그런 시대는 지나갔다. 대신 기억하기 위하여 키보드를 두들기고 얼마든지 저장을 늘리고 바꿀 수 있다. 이른바 기억의 왜곡이다. 기억보다 더 훌륭하게 보이는 것은 기억을 저장하는 기억장치다. 기억의 저장이 고통스러운 일이라면 기억을 저장하는 기억장치는 황홀하다. 생각하라, 언제부터 기억을 기억해서 저장할 수 있게 되었는가를. 문제는 기억할 것이 없는 환경과 자신을 경계하는 일뿐이다. 나는 기억을 푸는 또 다른 나와 그리고 그 기억을 저장할 수 있는 장치들과 함께 있다.

_____ 혼자 있다는 사건

시간과 공간으로부터 완전히 홀로 있을 수 있다는 것은 사내 나이 이만 할 때 누리기 어려운 순간이다. 단테는『신곡』지옥편 첫 구절에, "나그네 길 반 고비에 올바른 길을 잃고 헤매던 나, 컴컴한 숲 속에 서 있는 나 자신을 보노라"라고 말했다. 늘 있던 시간과 공간으로부터 완전히 결별하게 되면 다른 시간과 공간에서 자신을 발견할 수 있다. 그것은 글쓰기를 위한 본질적 고독과 같다. 다시 파리에 있는 것은 혼자 있다는 것, 그 본질적인 고독과 대면함으로써 글쓰기와 더불어 혼자 있지 않기 위해서다. 혼자 있다는 것은 내 안에 또 다른 무엇이 있음을 확인하는 사건이다. 그러므로 혼자 있다는 것은 혼자라는 말이 아니다. 글을 쓰는 것은 내 안에 있는 또 다른 무엇을 확인하는 사건이다. 따라서 혼자라는 사실은 죽은 시간에 속해 있다는 말이다. 그 시간은 누구의 시간도 아니고 나와 또 다른 나와 보내는 공동의 시간도 아니다. 그 시간은 내 안의 또 다른 무엇의 시간이다.

_____ 기억의 한 점, 파리

파리는 내가 이 세상에서 어느 한 구석 길을 묻지 않고 갈 수 있는 서울 다음의 유일한 도시다. 그만큼 여기에 오래 살았다. 아, 동네 골목을 샅샅이 휘젓고 다니던 어린 시절부터, 나는 비행기를 타고 다른 나라 어느 동네를 이렇게 다니는 꿈을 밤마다 꾸었다. 내가 어린 나이에, 외국을 오가는 이웃들을 보면서 부러워한 것은 그들이 세상 어느 한 구석을 정확하게 찾아가고 다시 이곳에 정확하게 돌아올 수 있다는 데에 있었다. 나는 그들의 공간감에 탄복을 했다. 당시 내가 그럴 수 있는 곳은 집과 학교를 오가면서 매일 만지고 볼 수 있는 장소에 국한되어 있었는데, 저들은 지도 위 컴퍼스의 뾰족한 한 점보다도 더 작은 곳을 한 치의 오차도 없이 가서 다시 돌아올 수 있다니 그 얼마나 황홀하게 보였는지 모른다. 나는 그것이 기억에 의존하고 있는지 모른다고 생각했었다. 산을 넘고 바다를 건너고 다른 하늘 아래에서도 사람들은 그 어느 한곳을 정확하게 짚을 수 있었고 밟을 수 있었다. 그리고 그곳을 기억해놓았다. 내게는 지도상의, 기억의 한 점이 파리이다.

발자국을 따라서

이곳에 처음 유학을 왔을 때는 바보같이 꿈만 꾸며 살았다. 기억나는 것은 참 많이 걸어 다녔다는 것. 그런 만큼 눈에 보이는 새로운 모든 것을 주저 없이 받아들였다. 그 모든 것을 기억에 저장하고 싶었다. 처음에는 기억의 창고가 아주 텅 빈 것처럼 그렇게 허전했나 보다. 차츰 기억의 저 밑바닥으로 빠져들며 나 스스로의 기억부터 새롭게 챙기게 되었다. 그때부터 기억되는 것은 일방적으로 기억장치에 들어오는 것이 아니라 우선 과거의 경험과 나란히 놓이는, 이른바 비교기억이라는 보조장치에서 검증을 받아야 했다. 그래도 가능한 대로 최대한 기억능력을 다 활용하고 싶었다. 그럴 즈음에는 먹는 일은 그리 중요한 문제는 아니었다.

그때 처음으로 지난 몇 세기 동안 이름만 들어도 알 수 있는 이들의 사라진 발자국이 난 그 길 위를 나는 텍스트로 삼아 다시 걸었다. 발자국도 남겨지지만 그것은 곧 사라질 운명을 지닌 하나의 불안한 텍스트였다. 누군가는 이 발자국을 텍스트 삼아 새롭게 여정과 그 무게감을 간파하는 역할을 할 수 있을 것이라고 믿었다.

결국 그가 살았고 내가 살았다고 하는 것은 이 사라진 발자국으로
밖에 증명될 수 없는 것인지 모른다. 왜 살아 있었다는 증거로서
가슴에서 일어난 불멸의 호흡보다는 사라진 발자국을 그토록 못
잊어하는가? 연극에 관한 글을 쓸 때도 나는 무대에서 사라진 배우
들의 발자국을 따라갈 때가 많다. 그것이 연극의 텍스트라고 믿고
있다. 모든 것은 사라진다고 할 때 사라지지 않은 것은 무엇인가?
사라지지 않는 것과 남겨지는 것과는 다르다.

철없는 상상력의 오기여!

연극을 공부하는 학생의 처지였지만 그 공부가 반드시 극장
이나 강의실에서만 가능하다고 생각지도 않았다. 비쩍 마른 얼굴
로 아버지의 20대를 닮아가면서 박사학위 논문을 쓰기 시작했고
아내를 만났고 결혼을 했고 우리 사이에 아이들을 품을 수 있었다.
이제 다시 돌아온 이곳에서 우선 아내와 아이에게도 나의 무능함
을 용서받아야 할 것 같다. 그들에게 얼마나 많은 거짓말을 했기에
그들은 자신들의 미래를 내게 담보로 맡기고 살아가고 있는가? 이
런 후회의 원인은 아무래도 불안한 미래를 담보로 공부를 계속했
던 파리에서 찾아야 할 것 같다. 한마디로 공부를 핑계로 책임지지
못할 거짓말을 아내를 비롯하여 가족들에게 너무 많이 했다. 용서

하라. 연극 공부를 하면서도 연극을 읽을 줄은 전혀 몰랐던 나. 그런 부끄러움을 한껏 느끼게 해준 곳. 따라서 연극 공부조차 제대로 해보지 못한 이곳. 그래도 서울 가면 절대로 굶어 죽지는 않을 거라고 멍청하게 미래를 설계했던 이곳. 한국연극을 생각하면서 지식으로 무엇인가를 도울 수 있을 것이라고 순진하게 생각했던 이곳. 술을 먹으면 말로 연극에 빠져들어 나 자신을 온통 뒤집어놓을 수 있을 거라고 기염을 토했던 이곳. 아! 부끄러움이여……. 철없는 상상력의 오기여! 용서하라. 내가 생각하고 계획한 대로 일이 될 것이라는 기대를 밤낮없이 해대던 이곳. 나와 인연이 맺어진 이들을 허구한 날 그리워하고 편지를 써대던 이곳.

오랫동안 제국주의 시대 패권을 지닌 나라였던, 그 제국주의 피해자인 나라의 후대들이 길거리 청소를 하면서 사는 이곳. 동방은 서방의 나라들이 꿈꾸듯이 조용한 아침의 나라, 윤리와 역사가 빛나는 그런 나라가 아니었다. 동방은 서방의 세계가 과학과 제국주의로 무장해서 남긴 온갖 쓰레기로 뒤덮인 세계이며 썩을 대로 썩은 곳이다. 반면에 서방도 동방에서 우러러보듯이 그런 꿈의 낙원이 아니다. 처치하지 못할 새로운 쓰레기들이 동네 길 뒤편에 수북이 버려져 있고, 더러는 지나가는 사람들이 보지 않도록 껍데기로 덮어둔 허울 좋은 나라이기도 했다. 동방은 서방을, 서방은 동

방을 서로 사랑하나 가까이 하기엔 먼 당신의 나라인가? 소설책에
서 보던 삶의 이상들이 현실의 한 모퉁이에 실현된 것을 보고 경
이와 부러움으로 보던 이곳. 그래도 늙으면 모두가 같고 죽으면
모든 불평등이 평등으로 바뀔 수밖에 없다고 너그럽게 삶을 보고
자 했던 이곳.

_______ 기억과 의미의 텍스트, 사진

나이를 먹는다는 것은 곧 자기 주변의 사물들과 또 다른 언어
로 소통이 가능하게 됨을 뜻한다. 내가 궁핍한 학생 생활을 하던
1980년대 초와 지금의 나 사이에는 많은 변화가 있을 것이다. 동시
에 도시의 모든 것이 많이 변화했을 것이다. 사물은 그것을 보는
이의 언어에 따라 담고 있는 의미가 달라진다. 사물의 의미와 존재
는 그것을 보고 말하는 이의 언어에 달려 있다. 모든 사물의 표상
이 늘 하나에 그치지 않는 것도 이와 같은 이유 때문이다. 파리라
는 도시, 그 안에 나라는 존재, 그리고 이 도시의 문화를 채우는 수
많은 기억된 사물들의 존재. 그것을 어떻게 기록해야 할 것인가?
인간은 언제나 그가 밟았던 자리에, 사라진 그 발자국 대신에 기억
과 의미의 텍스트를 남기고 싶어한다. 파리에서 서울로 돌아가더
라도 내가 남긴 발자국은 흔적이 항상 남아 있을 것이다. 여행하는

이들이 제일 간단히 기억과 의미의 텍스트로 삼는 것은 사진이다. 사진은 그런 의미에서 가장 중간적인 예술이다. 부르주아와 프롤레타리아를 포함하며, 누구든 가장 다루기 쉬운 예술이다. 또 다른 의미로는 과거의 시간과 공간을 현재의 시간과 공간으로 바꾸어주는 매체라는 면에서 중간적이다. 사진기라는 기계가 대중화됨으로써 사라진 발자국을 누구나 정지시킬 수 있는데, 그 작동의 편리함 면에서도 가장 중간적이다.

그러나 사물을, 사라진 발자국을 글로 적는 것은 사진과 또 다른 기술이다. 컴퓨터의 보급으로 이제 글을 쓰는 일은 사진의 보조적 역할에 가까워지고 있다. 그러나 글은 사진이 주는 시각적 표현과 달리 의식의 전언을 가장 정확하고도 달리 표현할 수 있다. 당연히 사진에 가까워질 필요가 없고 가까워질 수도 없을 것이다.

______ 앵커리지에서

오랜 유학을 끝내고 다시 파리를 찾아간 것은 1991년 6월쯤이었다. 파리에 도착했다. 지금은 서울에서 모스크바를 거쳐 금세 파리에 도착할 수 있지만 당시만 해도 1980년대 초처럼 도쿄와 앵커리지를 거쳐 파리에 닿았다. 앵커리지에 갈 때마다 하얀 눈으로 덮인 그곳에 흰곰이 나타나서 비행기에서 내리는 우릴 반겨줄 것 같은 부질없는 생각을 하곤 했다. 한 시간 정도 머무는 앵커리지에서 나는 정말로 하릴없이 창밖을 쳐다보면서 비행기에 탑승할 때를 기다리며 서성대곤 했다. 우동을 사 먹는 이들, 알래스카의 기념품을 사는 이들, 화장실에 가는 이들, 앵커리지 공항의 긴 복도를 따라 이리저리 돌아다니는 이들, 여권에 알래스카의 기념 스탬프를 찍으려 드는 이들……. 그러나 바깥이 훤히 들여다보이게 한 유리창 너머로 도시는 조금만 보였고, 눈도 그렇게 많이 내린 것 같지는 않았다. 주변에는 영화 〈서바이벌 게임〉의 한 장면처럼, 침엽수로 가득 찬 벌판이 보일 뿐이다. 뚱뚱한 미국 사람들과 개화되고 이곳에 적응한 듯한 알래스카 원주민들이 비행기 안으로 무엇인가를 옮겨놓고 가고 있다. 그 모습이 그들 뒤에 있는 벌판의 배경과 더불어 그림 같았다. 사람들은 그들이 사는 주변 환경을 닮는 법이라고 하는데 저들에게서 나는 무엇을 보고 있는가? 졸린 눈을 비비며 좀 더 자세히 보려 했다. 그러나 서울에서 이곳에 오는 동안 비행기에서 잠을 설쳤기 때문에 집중력은 산만하게 흩어졌다. 빨리 비행기가 떠났으면 좋겠다는 생각이 들었다.

―――― 내 안의 두 개의 눈

1983년 처음으로 프랑스 정부 장학생으로 파리에 올 때도 내가 탄 에어 프랑스는 같은 경로를 날았다. 이상한 일이다. 바둑 경기가 끝나고 모든 것을 처음부터 다시 해보는, 이른바 복기를 하는 셈이었다. 그래, 모든 것을 처음부터 다시 시작하란 뜻일 것이다. 지금 파리로 가면서 내 안에 두 개의 눈이 있는 것 같다. 이 두 개의 눈이 서로 달라 비교가 된다. 즉 서로 다른 시간대에 속한 의식의 눈이 시간과 공간의 틈바구니 속에서 끊임없이 움직인다. 이 두 개의 눈이 낳은 두 가지 의식은 이번 여행에서 끝까지 나를 따라다닐 것이다. 어딜 가더라도 예전의 나와 지금의 나 자신, 그리고 그때의 의지와 지금의 게으름을 나는 저절로 확인할 수 있으리라. 이 세상 어느 한구석 내가 태어나 사는 곳과 또 다른 한곳을 아무런 문제없이 길을 걷고 방향을 정하고 갈 수 있다는 사실이 사물의 공간감을 새롭게 해준다. 서울과 파리 사이에 놓여 있는 일곱 시간의 시차를 경험하며 두 곳을 동시에 상상할 수 있다는 것은 맛난 음식 두 가지를 동시에 먹을 수 있는 것처럼 축복받은 일이다.

아빠, 안녕

예전의 나와 지금의 나는 다르다. 세상을 보는 눈은 어떻게 달라질 수 있을까? 그 변화는 한국에서도 조금씩 있어온 것 같다. 여권을 신청하는 일이 예전과 비교할 수 없을 만큼 간단해졌다.

1980년대만 하더라도 여권의 소지는 특별한 계층임을 확인하는 역할을 했다.(예나 지금이나 여권을 불법으로 만들어주는 브로커들은 많다.) 여행사에서 비행기 표를 쉽게 사고, 공항에서 나이가 서른 살이 넘었다고 병역의 여러 가지 의무도 신고하지 않는다. 아, 그렇구나, 1983년도에 처음으로 한국을 떠났을 때가 20대였다는 사실이 싱싱하게 느껴졌다.

뒤로는 아내와, 아빠가 지금 멀리 떠난다는 사실조차 알지 못한 채 재롱을 떨고 있는 딸아이와 막내 제수씨가 나와 있었다. 제수씨는 집 안에서 매일 어머니를 모시고 지내는 터라 바깥출입이 비교적 없는 탓으로 이런 기회를 빌려서 공항이라는, 새로운 곳을 향해서 떠나는 장소에 와보고 싶었을 것이다. 몸이 약한데도 자유롭게 돌아다니고 싶어하는 제수씨의 심정을 어느 정도 이해할 수 있을 것 같았다. 가능하면 집 안에서 가사일로만 사는 것만이 아니라 제수씨가 원하는 대로 사회생활을 할 수 있도록 기회를 만들어 줘야겠다는 생각이 들었다. 동생은 여행 경비에 보태 쓰라고 150만 원을 내게 주었다. 아내는 그저 담담하게 나에게 잘 다녀오라고 가벼운 듯 인사말을 했다. 딸 의진이는 철없이 계속 웃으며 "아빠, 안녕" 하고 말했다. 그러고 나는 좁은 문으로 들어갔고 그들은 위층에 있는 커피숍으로 들어갔다. 지금부터 나는 나와 가장 가까운 가족들과 거리를 두는 것이다. 떠나는 것이 이렇게 가벼운 일인가? '참을 수 없는 존재의 가벼움' 보다도 더 참을 수 없는 것은 이런 작은 이별의 연속이 주는 무감각이다. 이 문을 나가면 당분간은 저 멀리서 목소리로만 나의 존재를 확인할 수 있는데 아내는 왜 저렇게 담담한가? 그리고 어찌하여 나는 아내를 더 뜨겁게 안아줄 수 없는 것인가? 이런 생각을 한 채 여권을 내밀며 아내와 딸아이로부터 좀 더 멀어지는 순서를 밟기 시작했다. 날이 어두워지기에는 한참 있어야 할 것이다.

현실의 터전, 김포공항

비행기는 일직선으로 날아갔다. 나는 비행기가 곧 도쿄에 도착할 것이고 그 다음에는 앵커리지, 그리고 파리에 도착할 것이라는 사실만 알고 있었다. 목적지만 알 뿐, 어디를 통해서 가고 있는지 모르면서 마음에 조금도 불안이 없는 것이 경이롭다. 비행기 여행만이 주는……. 비행기로 이곳에서 저곳으로 가면 시간이 절약되는 만큼 과정에 대한 이해와 경험이 생략된다. 일본에 도착했다. 도쿄의 날씨는 좋지 않다. 본래 일본에 대한 반감이 많은 나로서는 나리타 공항에 와서 갈아타거나 잠시 쉬는 일이 왠지 낯설다. 나리타 공항은 프랑스의 샤를르 드골 공항이 위치한 루아시를 많이 닮았다. 그 공항 모양은 프랑스 사람들이 잘 먹는 네모난 치즈를 닮았다. 비행기가 출발했던 김포공항과는 비교가 되지 않을 만큼 모양과 장식 그리고 일하는 사람들의 위치가 전체적으로 세련되었고 현대적이다. 반면에 김포공항은 아직까지도 경직된 모습이 곳곳에서 드러났다. 그곳에서 일하는 사람들의 유니폼과 그들이 일하는 위치, 그리고 모든 사람들을 위한 서비스 환경은 어둡고 권위적이고 아마추어적이었다. 그들은 모든 것을 그대로 드러낼 만큼 아직 부족한 것이 많았다.

돌이켜보면 김포공항을 나가거나 그곳에 도착해서 먼저 만나는 이들은 건물 안에서 소지품과 여행객을 검사하는 여자 경찰들이었다. 그들의 인상은 친절함이라고는 한 치도 찾아볼 수 없이 건조했다. 그 문에 들어가 삑삑거리는 공항검색대에 서면 마치 성적 욕망에 굶주린 여자들처럼 여행객을 사정없이 세워놓고, 온몸을 만지고 팔을 펴서 올리게 하고 다리는 벌려놓고 일방적으로 제 할 일을 해댄다. 그들은 손에 최고급 금속탐지기를 쥐고 그것으로 신체의 모든 곳을 수색했었다. 아! 기계에 의한 욕망의 터치여! 영원하라. 그리고 그들의 욕망을 채워주는 포로들은 약속이나 한 듯이 다리 사이를 오므리고 두 팔을 내리고 천천히 공항 안쪽 문을 향해 나가 비행기를 타고 저 멀리 날아간다. 공항은 하나의 욕망이 땅에서 하늘로 승천하는 호텔이다. 욕망은 땅에 놓고 가라, 하늘 저쪽에서 또 다른 욕망이 그대를 기다리고 있다. 영화 〈엠마뉘엘〉에서 엠마뉘엘 부인이 처음으로 정사를 벌이는 곳이 비행기 안인 것은 하등 이상할 것이 없다. 그녀는 참지 못하는 것이다.

나리타 공항에서 세 시간을 보냈다. 눈에 들어오는 광경은 우선 여행 온 타이완 사람들이었다. 아이들을 동반한 그들의 가족여행은 매우 서양적이었고 여유가 있어 보였다. 공항에서 일하는 일본 사람들은 우리보다 어딘가 나이가 어려 보였고 일하면서도 동료들과 꽤 잡담을 하고 있었다. 무엇으로 이들을 설명할 수 있을 것인가? 비행기를 기다리는 이들을 위해 설치한 텔레비전에는 일본 전통 의상을 입은 어린이가 등장하는 애니메이션이 나왔고 그 옆에 있는 수상기에는 서양 사람과 일본 사람 사이에서 태어난, 독특한 분위기를 풍기는 영화배우들과 가수들이 게임을 하는 프로그램을 방영하고 있었다. 일본의 텔레비전 프로그램에 나오는 연예인들은 벌써 국제화된 것 같았다. 그리고 그들 중에는 외국인임을 분명히 알 수 있는 이들도 있었다. 하지만 그들의 일본어 발음은 정확했고 사회자의 농담도 능히 받아넘길 정도였다. 이런 모습에서 한편으로 문화의 역류현상을 짐작할 수 있었다. 일본의 이런 현상은 경제적 위력이 문화 생성과 수용의 주된 요소임을 보여주는 예라고 할 수 있다.

텔레비전과 마찬가지로 공항은 그 나라의 또 다른 모습을 그대로 보여주는 상품의 진열장과 같은 곳이다. 공항은 그 나라의 문화가 시간적으로 공간적으로 지니는 모든 위상을 한꺼번에 확인할 수 있는 장소다. 기억해보면 그리스의 아테네 공항은 그 얼마나 신화적인가? 그곳은 나 같은 여행객에게는 현실감이 전혀 없는 장소다. 아테네 공항은 색깔부터 폐허의 느낌을 주는 신전의 돌기둥에 뜨거운 태양빛이 내려 쪼이는 신화적 무대와 같았다. 반면에 김포 공항은 비행기가 땅에 착륙하기 위해 천천히 선회하는 순간 현실의 터전임을 깨닫게 한다. 그 현실감이 곧바로 몸에 와 닿아 지열처럼 내 몸을 뜨겁게 한다. 김포공항에 도착하기 전부터 몸이 뜨거워지는 이유는 여기에 있다.

아! 가난한 사람들이여

Face à face, avec leurs inquiétudes petites et secrétes, celles qui accompagnent les grands départs, angoisses diffuses qu'il ne faut pas avouer â l'autre, qui concernent tout et rien, qu'avons-nous oublié, et le temps qu'il fera ou qu'il ne fera pas, et les gens que nous rencontrerons ou que nous ne rencontrerons pas…… un voyage qui ne tiendrait pas la route.

—François Maspéro, *les passeurs de Roissy-express*, Ed Seuil, 1989, pp. 7～8.

상대방에게 털어놓아서는 안 되는, 아무 상관도 없는 혹은 모든 것에 다 관계되는, 뭔가 크게 시작할 때 불안이 번지며 찾아오는 은밀하고 자잘한 걱정거리들을 안은 채 마주하고, 우리는 무엇을 잊었는가. 내일 날씨는 이럴 수도 있고 저럴 수도 있고, 사람들은 만날 수도 있고 만나지 않을 수도 있고…… 길이 없을 수도 있는 여행.

—프랑수아 마스페로, 『루아시 익스프레스를 지나는 사람들』, 쇠이유 출판사, 1989년, 7～8쪽.

이윽고 파리에 도착했다. 아침 7시가 채 안 됐다. 입국심사를 하는 문을 지나면서 여권을 보여주었다. 다시 받은 여권에는 입국 사증이 찍혀 있지 않았다. 나는 다시 그들에게 도장이 찍히지 않았다고 했다. 그들은 내 여권을 쥐고 펼치더니 빈 곳에 입국사증을 찍었다. 국립경찰은 이른 아침에 커피를 마시지 못했는지 낯선 동양인 하나가 와도 졸음을 깨지 못하고 있다. 출국하는 모든 이들을 범죄인 다루듯이 보는 한국의 출입국관리인들과는 이렇게 다르다. 이렇게 해도 아무런 문제 없이 살 수 있는가 보다. 세관에 신고할 것이 없는 탑승자들의 줄에 서서 입국심사대를 바로 빠져나왔다. 부친 짐 가방을 찾고 공항 문을 나왔다. 아침 햇빛이 샤를르 드골 공항을 칠한 하얀색 위로 눈부시게 비추었다. 생각보다 날은 싸늘했다. 가방에서 긴팔 달린 옷을 꺼내 입었다. 기차역 주변에서 파리 가는 버스(요금은 오른 것 같지 않았다)를 타고 파리 중심가에서 내렸다. 지하철로 올 수도 있지만 바깥 풍경을 놓치고 싶지 않았다. 다시 파리 시내에서 지하철을 타고 대학 기숙사가 있는 시테 위니베르시테르 역까지 왔다. 기차 안에는 일요일 아침에 일 나가는 파리 북부 가난한 이들이 지친 모습으로 앉아 있었다. 그들의 얼굴에는 생의 불만이 가득해 보였다. 그렇다. 가난은 어느 나라에서도 관광객이 제일 먼저 만나게 되는 동질감이다. 가난과 기침은 절대 숨길 수도, 감출 수도 없다고 하지 않았던가. 일요일 이른 아침 파리 시를 향해 가는 기차를 메운 사람들은 우이동이나 구파발을 향해 가는 등산객들이 아니다. 그들은 어제도 이 기차를 타고 이 시간에 가고 있었다. 아! 가난한 사람들이여, 그들은 어느 나라에서나 제일 부지런하다. 그리고 잠을 충분히 자지 못해 피로하다. 가난한 사람들이여, 그대 언제 편히 쉴런가? 프랑스에서 와서 나는 제일 먼저 이들 가난한 사람들에게 봉주르를 건네고 싶었다. Bon jour! les pauvres.(가난한 그대들, 좋은 하루!)

함현진 선배를 기억함

대학 기숙사 촌에 있는 네덜란드 관에 묵다. 주머니에는 서울에서 가지고 온 6,700프랑이 들어 있었다. 양손에는 가방이 들려 있었고 머리에는 그것보다 더 무거운 할 일과 계획이 들어 있으면서도, 두 눈에는 학생 시절 굶지 않으려 했던 그 허한 세월의 추억이 가시지를 않고 있었다. 그런 모습으로 파리에 다시 왔다.

중앙대 교정에서 최치림 선배와 함께 함현진 선배의 죽음을 이야기했던 일이 기억났다. 그는 당대의 유명한 배우였다. 그러나 그는 모든 면에서 앞서 갔다. 옷에서 생각에 이르기까지, 사람들은 추송웅이란 배우를 기억하겠지만 알 만한 사람들은 함현진의 천재적 재질을 깊이 평가했다. 1977년, 그는 그 세월의 암담함을 견디지 못해 이란의 테헤란까지 흘러들어 살았고 급기야 그곳에서 시너를 온몸에 뿌리고 분신자살을 했다. 그리고 평소에 그렇게 꿈꾸었던 파리에 가보지 못한 채 재가 된 그의 영혼이 친구들의 손으로 센 강에 뿌려졌다. 왜 그는 그렇게 파리에 오고 싶어했던가? 왜 그는 30대에 이미 인생이 파괴되고 온몸이 썩어가도록 자신을 허락했을까? 그런 자학은 배우만이 할 수 있는 일이다. 그의 썩은 몸에는 생의 사실과 허구의 경계마저 무화된 것이 아닐까!

______ 한국 여자 유학생들

방학 때라 기숙사에는 프랑스 학생들보다는 외국에서 온 학생들과 관광객들이 더 많이 보였다. 이 기숙사에도 한국에서 온 학생들(거의 여학생들)이 많았다. 20대를 갓 넘긴 학생들이었다. 온통 여학생이었으니 프랑스가 우리나라 여자들에게 인기를 끌고 있다는 반증이다. 도대체 프랑스는 우리나라 여성, 특히 젊은 여성들에게 무엇으로 남아 있는가? 이 문제는 매우 흥미 있는 것이 아닐 수 없다. 프랑스에 유학 오는 한국 학생들 가운데 남학생들보다 여학생들이 많은 것은 한국사회가 여성적이지 못하고 남성적이기 때문이 아닐까. 그러니까 원래 우리 여성들은 조선조 후기의 천재 화가인 신윤복이나 장승업의 그림에서처럼, 대단히 개방된 존재들이고 능력도 대단한 편인데 우리 사회가 지금 그들을 계속해서 억압하기 때문에 그 반발로 뛰쳐나오는 것이 아닐까. 여성들을 우물 안에 가두어놓고만 볼 일은 아니다. 사실 나도 낯선 외국에서 한국여성들을 만날 때, 가끔씩은 객관성을 잃어버리곤 한다.

여름 바캉스

Si j'avais à imagniner un nouveau Robinson, je ne le placerais pas dans une île déserte mais dans une ville de douse millions d'habitants.

—R. Bartes

새로운 로빈슨 크루소를 상상해내야 한다면, 나는 무인도가 아니라 군중이 득실거리는 도시에 갖다놓겠다.

—롤랑 바르트

프랑스에서 6월쯤 가장 쉽게 들을 수 있는 말은 바캉스란 단어다. 1940년대 이후 노동자들까지 3주 이상의 유급휴가를 받기 위해 사회당과 공산당이 얼마나 치열하게 투쟁했는가를 이 여름에 생각하게 된다. 이들에게 바캉스는 1년 열두 달 중 전반이 끝난 7월과 8월에 끼어 있다. 문화는 사실 일하는 것과 논다는 것의 복합이다. 문화는 더러 이 두 가지 사이에 존재하며 일과 휴식을 연결하는 다리와 같다. 문화는 또한 일과 휴식이 연결된 기찻길로 잠시 정해진 역에 멈추어 내릴 사람은 내리고 탈 사람은 타고, 일이라는 출발역과 휴식이라는 종착역을 왕복하게 한다. 물론 일하는 것이 출발역이고 휴식이라는 것이 종착역은 아니다. 그 반대일 수도 있고 서로 등을 맞댄 복합체라고 할 수 있다.

프랑스에는 프랑스만의 바캉스 문화가 있다. 살던 곳을 떠나는 것과는 다른 차원의 배경들이 바캉스 문화를 구성한다. 이들은 정치적으로나 문화적으로나 풀지 않으면 안 되는 이슈를 일상적으로 해결할 창구를(문화의 생성과 존재가치는 바로 여기에 있을 것이다) 지니고 있다. 1년을 반으로 나눈 전반기를 끝내고 장기간의 휴식을 보내는 데에는 피서 말고도 무엇인가 이들의 삶을 결정짓는 특별한 목적이 있을 것이다. 그것은 이들이 겪은 일상의 모든 억압으로부터 해방일 터이다.

바캉스를 이해하기 위해서는 이런 단서 말고도 조심스럽게 접근해야 할 것들이 많다. 예컨대 바캉스를 갈 수 없는 사람들이 파리뿐 아니라 전국에 많다는 사실이다. 빈부 격차를 줄이기 위한 사회보장정책이 많은 것은 사실이지만 떠날 형편이 안 되는 사람들은 어떻게 바캉스 기간 동안 제 삶을 극복하고 있는지도 알아보고 싶다. 나중에 안 일이지만 파리 시장은 센 강변에 바닷모래를 가져와 모래밭을 만들었다. 센 강이 순간 바다가 되었다. 떠나지 못하는 이들을 위한 배려였다.

오전에 일을 조금 하고 기숙사촌 안에 있는 식당에서 점심 식사를 했다. 그리고 소르본 대학이 있는 라틴 지역에 가서 조제프 질베르 책방에 들어갔다. 그곳에서 움베르트 에코의『열린 예술 작품』조형준 옮김, 새물결, 2006과 『소설 속의 독자』김운찬 옮김, 열린책들, 1996 그리고 시간과 신화에 관한 책들을 샀다. 근처에 있는 비엔나 양식의 빵집이 닫혀서 오데옹을 거쳐 셍제르맹 데 프레를 돌아 다시 뤽상부르 공원을 가로질러 38번 버스를 타고 기숙사로 돌아왔다. 기숙사가 있는 주르당 길가에 자주 가는 빵집에서 줄리앙에게 줄, 배가 들어간 케이크를 사서는 수위실에서 놀고 있던 아이에게 주었다. 녀석이 내 볼에 키스를 해주었다. 어린아이다. 오후 5시가 넘었다. 잠시 침대에 누워 눈을 감고 잠을 자두었다. 한 시간가량. 다시 낮에 갔던 식당에 가서 아랍 전통음식인 쿠스쿠스로 저녁을 먹고 기숙사로 돌아와 와이셔츠 두 장을 다림질했다. 그리고 목욕을 했고 다시 자리에 앉아 글을 쓰고 있다.

책읽기는 중성적인 행위가 아니다. 책읽기는 독자와 텍스트 사이에서 일련의 복잡한 관계와 단순한 전략들을 서로 엉키게 한다. 이런 행위는 자주 독창적인 글쓰기의 본질을 예민하게 변형시킨다.『소설 속의 독자』는 책읽기의 여러 가지 모형들을 보여주며 동시에 글 쓰는 기술의 이성적인 탐험이라고 할 수 있다. 따라서 이 책은 책 읽는 이의 역할뿐만 아니라 글 쓰는 이의 역할을 알기 위한 것이다.

—움베르트 에코, 『소설 속의 독자』

______ 말보다 저 말하는 사물들

Les objets parlent plus que les mots.

—Krzysztof Kieslowski, <La double vie de Véronique>

사물은 낱말보다 더 많은 것을 말한다.

—크쥐시토프 키에슬로프스키, 〈베로니카의 이중생활〉

영화에서, 그리고 연극에서 오브제는 단순히 사물로서 존재하는 것이 아니라 언어로서 소통한다. 오늘날 관객의 몫은 움베르토 에코의 말대로 열려 있다. 해서 작품도 열려 있다. 관객의 역할은 단순히 보는 것으로 끝나는 것이 아니며, 오브제가 전하는 언어를 받아 해석해야 하기 때문에 적극적으로 참여해야만 한다. 관객은 더 이상 예술 창조의 방관자로 머물지 않고 작품의 완성을 위해

빈 곳을 채우는 구체적 몫을 요구받는다.

우리에게 언어에 대한 나쁜 관념은 단어와 문법만이 소통의 주된 요소라고 믿는 데 있다. 만약 문학에서 글자로 표현된 것이 언어라고 한다면 그림이나 음악에서도 그 언어가 있다는 것을 동의하기란 그리 어려운 문제가 아니다. 문제는 그림의 언어나 음악의 언어가 그 나름대로 어떤 문법 체계를 지니며 수용자와 어떤 약속 즉 상징을 지니는가에 있다. 따라서 그림과 음악으로 구성된 한 편의 영화를 제대로 해석하는 힘은 1차적으로 영화다운 언어를 만드는 작가가 구축한 전언을 해석하는 힘에 달려 있다. 좋은 작품이란 그 전언이 체계를 지니고 있으며 그 독특한 언어에 의해서 이야기의 세계를 드러내는 것이다. 이런 맥락에서 예술작품에 대한 비평은 작가의 언어체계를 기본으로 하는 세계를 어떻게 해석할 것인가 하는 문제다. 영화를 예로 들어본다면 영화감독은 그가 전하는 영화적 언어 체계를 등장인물이나, 상황이나, 장소나, 시간이나, 대화 등 화면에 보이는 모든 오브제로 드러내 보인다. 관객은 이를 통해 뭔가를 알고 느끼게 되며, 여기서 관객의 입장이 생길 수 있다.

영화에서는 1차적으로 화면에 영상으로 나타나는 모든 것이 해석의 대상이 된다. 영상은 한 장면만으로 충분한 언어가 되기도 하지만, 때로는 중요한 한 장면이 계속 반복되기도 하고 다른 것과 연결되기도 한다. 분명한 것은 감독은 그 어떤 오브제라도 무의미하게 드러내지 않는다는 사실이다. 따라서 감독에 의해 선택되거나, 배제되거나, 조합되거나, 반복되거나, 구축되는 언어들의 총체인 영화나 연극을 해석할 때 비평가는 심리학적 이론에 기초하게 된다.

———— 이야기의 욕망, 영화

관객의 입장에서 영화를 보는 재미란 도대체 무엇인가? 오래 전에는 지금 이곳에서 저쪽의 이야기를 현장감 있게 보는 데 있다고 했다. 그리고 필름에 인화해서 보존할 수 있고 언제든지 반복해서 볼 수 있다는 데 주목했다. 그럼으로써 관객이 심리적으로 충분히 반응하는 것이 영화의 성공 여부를 결정하는 관건이었다. 그런 이유로 영화는 관객의 심리에 가닿기 위해 정상적인 것과 비정상적인 것을 동시에 추구하게 될 수밖에 없었다. 우선 정상적인 것은 심리적인 면에 호소하는 일이고, 비정상적인 것은 현실의 모습을 증폭해서 선전과 선동에 이용하거나 현실을 변형시킴으로써 관객이 지닌 일상적인 인식의 폭을 완전하게 변혁하는 것을 의미한다.

나는 영화를 어떻게 보는가? 보통 영화관에 가기 전에 볼 영화의 내용은 거의 알고 보는 편이다. 어릴 적 표현으로 하면 누가 끝에 가서 살고 주인공이 어떻게 되는지를 알고 본다는 이야기다. 그래도 영화의 재미는 충분했다. 최근에 이곳에서 〈시네마 천국〉을 다시 보았다. 그렇다면 관객의 욕망은 이것으로 충분한 것인가? 아니면 더 이상 어찌할 수 없는 좌절인가? 작가에게 이야기를 만들어 내는 욕망이 있다면 마찬가지로 관객은 그 이야기를 받아들이는 욕망이 있다. 이 두 가지 욕망은 서로 함수의 변수처럼 이야기의 생산과 수용에 작용한다. 실로 삶에 아무런 욕망이 없다면 영화나 연극, 아니 문학조차 존재하지 않았을 것이다. 영화가 만들어진 20세기 초에는 바로 산업혁명과 축적된 과학 지식을 바탕으로 인간의 욕망이 극대화될 수 있었다. 영화의 등장은 다른 예술 장르보다도 우리에게 이야기의 욕망이 훨씬 더 강하게 도사리고 있다는 점에 크게 힘입었다.

인간의 욕망이란 끝이 없다. 그림에서 선이 단순한 직선과 곡선에서 입체감을 주는 타원형에 이르기까지 다양하게 변한 것처럼 이야기도 구성과 깊이, 그리고 직조 방법까지 다양해질 수밖에 없을 것이다. 결국 영화의 탄생이란 인간의 욕망이 과학적으로나 경제적으로나 심리적으로나 충분한 조건에서 가능했을 거라는 추측이 가능하다. 특히 심리적 조건이란 이야기가 현재와 과거 그리고 미래로 단순히 전개되는 시제가 아닌, 오히려 시제가 뒤범벅된 영화적 기법에 더욱 적합했을 것이다. 쇠라의 그림 〈그랑드자트 섬의 일요일 오후〉에서는 해변에 앉아 있는 모든 사람들의 시선이 오른쪽으로 통일되어 있다. 시선의 방향인 오른쪽은 절대적 시간의 흐름이었다. 그러나 영화는 몽타주에 의한 편집으로 시제를 원하는 대로 짜 맞추어놓을 수 있다. 이는 이야기꾼의 입장에서 보면 대단한 혁명이 아닐 수 없을 것이다. 예컨대 아동문학 작품의 시제는 단순하다. 거의 현재와 과거, 혹은 과거와 현재, 혹은 현재와 미래만을 취하고, 등장인물도 선악으로 이분법적으로 구분되어 있는 것도 어린이들의 숫자개념이 기본적으로 두 개를 넘어서지 못하기 때문이다. 반면에 영화나 연극에서는 과거 속에 과거, 현재 속에 미래, 현재 속에서 과거를 동시에 드러내 보일 수 있다는 면에서 이야기를 꾸며내고 싶은 작가의 욕망은 복잡해지고 그 깊이도 넓다. 당연히 관객도 이야기를 통하여 충분히 그 공간에 빠질 수 있다.

_______ 아내에게 편지를 쓰다

당신이 보낸 편지는 매우 잘 읽었어. 의진이 사진을 보고 이건 아주 어릴 적에 찍은 모습인데 하면서 그동안 녀석이 큰 것도 알아볼 수 있었고. 우선 집안 모두 잘 지낸다고 하니 안심이 되네.

오늘이 13일이라 밖에서는 지금 프랑스 국경일(프랑스 대혁명 기념일, 7월 14일)을 기념하는 축포가 한창이야. 그러나 불행히도 비가 와서 많은 사람들이 모여들지 않았겠지. 요사이는 날씨가 무척 더워서 속내의는 하루에 하나씩 갈아입는 처지야. 그래도 빨래하기가 그리 힘들지 않아. 식사는 시테 본관 식당이 계속 열고 있어서 자주 먹고, 가기 싫으면 방에서 만들어 먹는데 은주 씨가 준 김치와 소고기 잰 것 그리고 김이 있어 한결 편해졌어. 며칠 전에는 은주 씨 집에 초대받아 서 저녁 식사를 함께했어. 작은 방에 두 사람이 살기가 힘들 거라는 생각이 들었지. 나중에 파리 사정에 밝아지면 이사를 해야겠다고 하더라고.

당신 혼자서 그 힘든 모리스 블랑쇼의 소설 『토마, 알 수 없는 사람』을 번역해서, 그 글이 〈작가세계〉에 게재되었다니 기쁜 마음으로 칭찬하고 싶어. 누구도 블랑쇼 작품을 손쉽게 번역하긴 힘들지. 아무쪼록 블랑쇼의 세계를 알릴 수 있는 당신의 능력이 발휘된 만큼 앞으로 더 좋은 텍스트들을 번역할 수 있을 거라고 확신해. 내가 곁에 있었다면 외식이라도 하면서 당신의 노고를 덜어주고 싶네. 하지만 여기서 할 수 있는 일이란 당신에게 알맞은 책 선물을 하나 마련하는 것. 정말 당신 수고했어, 그리고 이제부터는 조금 쉬고 좋은 책, 좋은 글을 번역하고, 아주 오래전부터 당신이 하려고 한 문학작품에 대한 글쓰기를 해봐. 내가 볼 때 당신은 충분히 좋은 글을 쓸 만한 자질이 있고, 좋은 평론가가 될 수 있어. 그것이 언제가 되어도 좋은 일이니. 이미 나이로는 남들보다 늦었지만 힘있게 출발할 수 있을 거야. 브라보. 거듭 이야기하지만 이제부터 당신이 꿈꾸었던 여러 가지 일들을 하나씩 할 수 있도록 도와줄게. 그래서 이번에 산 책들은 문학과 미술 그리고 사진에 이르기까지 다양한 것들이야. 당신이 봐도 책에 실망하지 않을 거야.

폴란드 여행 건은 좀 힘들 것 같아. 걱정은 아무래도 비용이야. 3,600프랑 정도가 들 것 같은데 자신이 없네. 비행기가 1,650프랑인 데다 그곳에서 최소한 일주일가량 여행하려면 2,000프랑 정도가 필요할 것 같아. 차라리 그 돈으로 책이나 사고 싶어. 나중에 가족들과 함께 가면 좋을 것 같고. 그때 함께 갈 곳도 남겨두어야지. 지금은 학생 시절에 폭넓게 하지 못했던 공부에 빠져보는 것도 필요한 일일 거야.

벨기에에 사는 조 서방 소식은 들었어. 한 번 전화로 통화했고. 얼굴도 보지 못한 처지에 서로 이런저런 이야기를 한다는 것이 부조리해 보였지. 그곳에 가서 며칠을 보내려면 그가 서울에서 되돌아온 후 한 번 더 전화를 해야 할 것 같아. 그곳에 가게 되면 7월 29일 정도가 좋은데, 그때 출발해서 8월 5일쯤에 파리로 돌아올 예정이야. 그리고 8월 14일까지 정리하면서 귀국 준비를 할 거야. 이곳 시간으로 8월 14일 10시 50분 출발이야. 에어프랑스.

예전에 논문 쓸 때 내게 많은 지원을 해준 리사르 모노 교수가 지난 1989년 10월에 돌아가셨다는 것은 잘 알고 있겠지. 항상 친절하게 날 대해준 기억이 지워지지 않아. 서울에 있는 동안 그에게 무심한 것이 후회되었어. 곧 그가 잠들어 있는 파리 몽파르나스 묘지에 가볼 참이야. 당신이 원하던 에스프레소 머신과 목욕 가운은 아직 구입하지 못했네. 둘 다 짐이 될 것 같아서. 머신은 가기 전에 작은 걸로 사 갈 예정이야. 값은 비슷비슷했어.

______ 코메디 프랑세즈와 연극

Le théâtre ne dépendra jamais des écoles; il dépendra toujours des dons, des talents et du courage des individus qui veulent le pratiquer.

—Ariane Mnouchkine

연극은 절대 학교에서 나오지 않는다. 연극은 연극을 하려는 개인들의 용기와 소질과 재능에서 나온다.

—아리안느 무누쉬킨느 프랑스 태양극단 연출가

7월 14일 프랑스의 최대 국경일, 날씨는 을씨년스럽다. 아침 내내 컴퓨터 앞에서 일을 하다. 이날이면 전통적으로 국립극장들이 무료 공연을 하므로 점심에는 코메디 프랑세즈에 갔었다. 그동안 코메디 프랑세즈 극장과 아비뇽 축제에는 자주 가지 못했었다. 이 극장에 무료로 들어가기 위해서는 미리 가서 줄을 서야 했다. 오후 2시의 공연은 특별히 오늘을 기념하기 위한 것이었다. 따라서 최소한 한 시간 전에 와서 줄을 서야만 입장권 한 장을 배부받고 자리에 앉아 볼 수 있다. 서서 본다는 것은 불가능하다. 앉을 자리만큼만 표를 나누어주니까. 무대와 객석의 크기는 오데옹 극장과 거의 같아 보였다. 코메디 프랑세즈는 1000명 정도를 수용할 수 있는 5층짜리 커다란 극장이다. 1680년에 세워졌고 지금까지 여러 번 보수공사를 거쳐 1770년대에 코메디 프랑세즈라는 이름을 얻었다. 돌기둥을 세심하게 쳐다보니, 떨어진 옷깃을 가위로 잘라내고 새롭게 그 크기만 하게 덧붙인 듯한 수선공법이 곳곳에 눈에 띄었다. 이들은 돌로 만든 집들을 수리하는 일도 옷 수선하듯 했다.

배정받은 자리는 3층 발코니로 보기 불편했다. 무대 한쪽을 통째 보지 못하는 반면에 다른 한 면은 완전히 볼 수 있어 배우들의 등장과 퇴장을 확인할 수 있는 자리였다. 물론 돈을 내고 볼 자리는 아니었다. 프랑스의 오래된 극장에 오면 늘 불편하게 느끼는 것이지만 의자와 의자의 간격이 좁아 무릎이 아프다. 검은 양복과 흰 와이셔츠, 블라우스와 스커트로 정장한 남녀 안내원들이 자리까지 관객들을 안내해주었다. 또 다른 이는 그 차림으로 프로그램을 들고 객석을 다니면서 관객들에게 팔았다. 그들은 "아침 프로그램"이라고 반복하면서 돌아다녔다. 값은 1유로쯤 되는 10프랑이었다.

입구에서 계단을 올라 자리에 갈 때까지 바닥은 모두 진한 붉은색 융단으로 깔려 있었고 의자를 둘러싼 융단도 마찬가지였다. 극장에 근무하는 이들이어서인지는 몰라도 목소리가 배우수업을 받은 이들처럼 발음과 음성이 분명하고 정확했다. 그리고 체격도 보통 사람들보다는 커 보였다. 각 층 입구마다 안내원이 있었다. 공연 2분 전 무대 뒤에서는 막이 오를 시간을 알리는 사이렌 소리가 조용히 계속 울렸고 잠시 후 객석의 불도 꺼지고 발코니나 2층 객석 앞에 붙어 있는 촛불처럼 생긴 전등만이 흐릿하게 켜져 있었다. 그리고 이내 이 불빛도 마저 꺼지고 막이 올랐다. 무대에 주인공 아르강이 책상에 앉아 여러 의사가 준 처방전을 읽고 있는 모습이 보였다. 관객은 무대에 배우가 처음 등장하면 박수를 쳐준다. 그리고 나갈 때도 마찬가지다. 프랑스 관객들은 극장에서 와서 손바닥이 아플 때까지 박수를 친다. 특별히 공짜 공연을 보았다고 하는 짓은 아닐 성싶었다. 이들은 이 공연을 보기 위해 무려 한 시간 이상 줄을 섰다. 이 정도면 입장료로서는 충분하다. 무대에 선 배우에게 맘껏 박수를 쳐주는 일은 우리가 꼭 배워야 할 미덕이다. 배우들은 그래서 감동을 받고 관객 앞에 서는 일을 최고의 명예로 삼는다. 반면에 우리 무대에서 관객의 박수는 너무나 적고 그 시간도 짧다. 외국에서 공연하러 온 극단의 경우에는 비교적 낫지만 그것은 일종의 스노비즘의 결과다. 객석은 아주 깨끗이 청소되어 있었다. 무엇보다도 관객들이 연극을 맘껏 즐기고 있었다. 이들에게는 연극도 일상의 삶을 함께^{co} 나누는 빵^{pain}과 같은 이웃^{copain}이다.

국립극장의 독립성

코메디 프랑세즈 극장은 국립이다. 우리나라의 국립극장과 비교해볼 때 다른 점은 무엇인가? 우리에게도, 과연 관객을 위한 무료공연이 있었던가? 국가의 최고 명절에 무료로 보여줄 연극 문화유산이 있는가? 코메디 프랑세즈나 바스티유 극장이나 모두 도시의 한복판, 그것도 역사적 장소에 있다. 반면 우리 국립극장은 남산 뒤편에 유령의 집처럼 자리 잡고 있다. 연극을 전문으로 공부하는 이들조차 그곳에 가기란 그리 쉬운 일이 아니다. 국가는 국립극장 소속 각종 단체에 월급을 주며 그들에게 공연을 하도록 지원하지만, 그 공연이 시민들에게 가까이 있는 것은 아닐 듯싶다. 우리나라 국립극장은 일상의 삶과 떨어진 채 제 기능을 맡지 못하고 있다. 국가공무원이 그 극장의 책임자란 점도 간과할 수 없는 점이다. 이즈음 코메디 프랑세즈의 최고 책임자는 피에르 덕스^{Pierre Dux}라는 아주 유명한 배우였다. 코메디 프랑세즈에서 일하는 배우와 연출가들은 그들대로, 무대장치나 기술분야에 일하는 이들은 그들대로 노조를 만들어 독립성을 유지하고 있다. 물론 모든 경제적 지원은 정부에서 하지만 그 운영은 전적으로 전문 연극인들에게 맡겨져 있다. 우리는 어떠한가? 국립극장에 소속된 연극인들이 독립적이지 못할 때 운영의 독자성을 기대하기란 요원한 일이다. 몇 해 전 프랑스 우파정부가 사회당 정권 시절보다 연극 분야 지원예산을 0.1퍼센트 삭감했을 때, 국립극단 배우들과 모든 연극인들은 공연을 하지 않은 채 길로 뛰쳐나와 데모를 하지 않았는가? 대통령과 문화부장관을 '수전노'라고 하면서 거리 행진을 했었다.

───── 상상으로 앓는 환자

그들이 고전으로 자랑하는 몰리에르의 〈상상으로 앓는 환자 Le malade imaginaire〉를 보았다. 〈상상으로 앓는 환자〉의 무대장치가 우선 눈에 뜨이는 기호였다. 무대장치 한 가지만으로도 여러 가지로 텍스트 분석 대상이 될 만큼 흥미로웠다. 간단한 선으로 무대 바닥을 나누고 그 사이에 초록색과 분홍색으로 대담하게 색을 칠하고, 무대에 등장한 모든 오브제는 주로 노란색, 파란색, 초록색, 분홍색, 청색으로만 칠했다. 의자와 책상 그리고 침대, 긴 의자들 모두 사각형 모양이었다. 그리고 등받이 소품들도 모두 이 사각형 모양이었다. 무대 뒷면에 난 출입문은 사각형 문을 겹겹이 놓아 원근감뿐 아니라 상상력의 미궁 속으로 들어가는 분위기를 주었고, 실제로 이 미궁에서 등장하는 의사들은 모두 한결같이 우스꽝스럽고 몰리에르적인 인물들이었다. 여러 색깔을 띤 크고 작은 사각형이 서로 중첩되면서 일종의 미궁화^{Mise en abîme}를 의도한 것이다. 또한 배우들의 의상과 무대 바탕은 온통 검은색과 흰색이었다. 그들이 쓴 모자도 예외가 아니었다.

몰리에르의 고전에 대한 해석은 꽤 현대적인 듯했고 배우들이 대사에 가장 많은 노력을 한 덕분에 정교하게 보였다. 이것만 해도 연출은 커다란 일을 했다고 본다. 등장한 배우들은 나이가 들어 보이는 연기자들과 젊은이들로 어우러져 있었다. 막과 막 사이에 무대장치는 거의 변화가 없었다. 무대 위의 소품도 거의 그대로였다. 조명의 밝기는 때에 따라 더러 눈부셨지만 조명의 기능이 극에 변화를 줄 만큼은 아니었다. 18세기 작품답게 음악은 중세 악기를 사용해 현대적 음조로 작곡한 것이었다. 자주 쓰이지는 않았고 감정과 분위기를 배우들의 대사에 주로 의존하고 있었기 때문에 그만큼 음악을 절제했다. 뒷부분에 가서는 대사를 알아들으려는 노력이 해이해져 형제의 대화는 잘 알아들을 수 없었다. 전체 공연 시간은 2시간 10분 정도였다. 집중이 계속되지 않은 것은 자주 알아들을 수 없는 고전 프랑스어 대사 탓에 산만해졌기 때문이다. 고전극을 이해하기란 현대극보다 훨씬 어려운 일이다. 더욱이 18세기 프랑스 고전 연극의 대사를 이해하기란 너무 벅찼다. 몰리에르나 코르네이유, 그리고 라신느에 이르기까지 내가 관객으로서 고전하는 이유는 우선 언어 때문이다. 물론 이번 공연에서 배우들의 대사는 현대어로 번역한 것이지만 고전 프랑스어의 모든 것을 충분히 이해하기 위해서 나는 아직 노력을 많이 해야 한다.

——— 벗들에게

그대들이 염려해주는 덕분에 잘 지내고 있다. 술을 먹고 싶어도 같이 먹을 이가 없어서 그만두는 경우가 더러 있다. 그래서 갈 때 양주 한 병, 포도주 한 병 사 가지고 가서 그대들과 함께 취하고 싶다. 예전에 살던 대학 기숙사촌에 다시 들어왔다. 한편으로는 내가 이렇게 편하게 지낼 때가 아닌 것을 자각하지만 서울을 떠나 있다는 것만으로도 홀가분할 때가 있다. 예전에 이곳에서 혼자 살 때는 사물을 제대로 볼 만한 나이도 안 되었고 그럴 만한 여유가 있었던 것도 아니었다. 그리고 한 가지 주제를 정해놓고 논문을 쓰는 터라 공부도 폭넓게 할 수 없었고. 이런 점들을 여기 다시 와서 깨닫고 있다. 서울은 지금 무척 무더운 날씨인데 다들 잘 지내는지 궁금하다. 영덕에게는 몇 번 전화를 했지만 비서가 바꿔준다고만 해놓고 백화점에 가셨다느니, 퇴근하셨다느니 기다리게 해서 전화 요금만 까먹었다. 요즘도 회동을 자주 하는지. 태은이는 지금 한창 바쁠 때인 것 같고, 그의 말로는 한여름 수익이 한 해를 좌우한다고 했다. 우창이의 사업은 잘돼가고 있는지. 작년과 부쩍 달라진 모습을 보면서 새로운 전기가 오리라 믿는다. 이곳에 오기 전 운동을 해서 적당히 살이 빠진 그의 용모가 괜찮아 보였다. 아무쪼록 사업 계획과 추진 그리고 뒷마무리까지 잘하길 원한다. 영덕이는 언제 휴가를 떠나는지. 그리고 우창이가 이곳에 나랑 함께 왔다면 여러 가지 사업 구상을 할 수 있었을 것이다. 가까운 해에 회동으로 외국여행을 함께하는 것도 그리 먼 꿈나라 이야기만은 아닐 것이다.

요즘 이쪽 화랑가는 때 아닌 세금논쟁으로 시비가 흔하다. 그림 판매에 지금까지 없던 세금을 물리게 했더니 화랑과 고객에 무척 부담이 되는지 정부에 반감이 많아 화랑 정문에 똑같은 항의문을 붙여놓았다. 세금이 곧 자유로운 창작을 가로막는다고 적었다. 이번 주, 〈타임〉의 특별기사는 '새로운 프랑스'가 주제다. 그만큼 내가 보아도 프랑스는 많이 변했다. 우선 라디오에서 미국 노래를 들을 수 있다는 것도 커다란 변화다. 그리고 2000년대를 향해 정부에서 모든 상점과 오래된 건물들을 수리하고 새롭게 단장하고 있는 것도 신기한 일이다. 10년 정도 잡고 있는 모양이다. 그런 면에서는 미국을 많이 닮아가는 것 같다. 특히 생산과 소비 체제에서 더욱 그러하다. 물가는 3년 전 파리로 왔을 때와는 비교를 할 수 없을 만큼 많이 올랐고 통계로는 인플레이션이 3.6퍼센트라고 하는데 체감 비율은 더 크다. 우선 책값이 무척 올랐고 생필품값도 그렇다. 여기서 산다는 것이 무서울 정도로 물가는 올랐다. 그래도 한국 사람들과 한국 유학생들의 씀씀이가 일본인들보다 덜하지 않을 것이다. 카페에 가서 술 한잔, 차 한잔 하기도 겁이 날 정도다. 학생 식당과 비교해서 부담스럽다. 이들의 생활도 예전과 비교해서 각박해진 것 같다. 우선 정치적 토론보다는 살아야 한다는 삶의 경제적 조건이 최우선 관심거리다. 우리의 지나친 소비를 경계해야 할 것이다.

나는 아침에는 기숙사 방에서 책을 읽는 편이고 점심 식사 후
에는 도서관에 가서 지낸다. 이달 말에는 거의 다 바캉스를 떠나는
터라 사람들을 만나야 할 일들은 다 했다. 책방을 둘러 돌아오면
대학 식당에 가기 싫어 밥을 해 먹는다. 그러고는 컴퓨터 앞에 앉
아 자기 전까지 글을 쓴다. 이곳의 가까운 친구가 컴퓨터와 프린터
를 빌려주어 글 쓰는 데 커다란 도움이 되고 있다. 프랑스 친구의
도움으로 이 글도 팩스로 보낼 수 있다. 받을 수도 있고. 일정 중에
바르사바에 가기로 했었는데 당분간 조정을 하고 있다. 안 갈 확률
도 있고 그 시간을 파리에서 계속 머물 필요가 있기 때문이다. 7월
말에는 벨기에로 가서 일주일 내지 열흘을 지니고 다시 파리로 돌
아올 것이다. 그리고 귀국해야겠지.

______ 튀니지 영화를 곱씹음

Un texte, tel qu'il apparâit dans sa surface(ou manifestation) lin-
guistique, représente une chaîne d'artifices expressifs qui doivent être
actualisés par le destinataire.

—Umberto Eco, *Le rôle du lecteur*

가만히 글로 씌인 텍스트는 독자에게 가닿으면서 폭죽처럼 터져
서 표현으로 피어난다.

—움베르트 에코, 『소설 속의 독자』

영화를 보면서 하루를 보내기로 했다. 고른 영화는 파리 5구
무프타르 길에 있는 에페 드 부아 극장에서 하는 튀니지 영화 〈할파
우인느〉와 오데옹 근처 시노슈 극장에서 하는 〈블랙리스트〉와 〈참
을 수 없는 존재의 가벼움〉이었다. 〈할파우인느〉는 튀니지의 어린
소년이 성장해가는 이야기로, 영화적 수법으로는 많이 뒤떨어진
편이었다. 다만 그들 삶의 한 편린을 볼 수 있었다는 면에서 만족
했다. 아랍 문학에서 전통적 이야기는 이야기꾼 한 사람에 의해 전
개되는 형식이다. 아직 그들의 내레이션과 오브제 그리고 이야기
의 풍경들의 조합은 서양의 양식과 사뭇 달랐다. 오브제 같은 소품
들은 잘 사용하고 있지 못하다는 느낌을 받았다. 다만 단편적인 사
실의 나열로 그들 삶의 진실을 보여주려고 한 점은 높이 살 만하
다. 시장 풍경, 구두수선 가게, 이발소 모습, 여자 목욕탕의 내부,
사내아이 할례 전통, 부엌에서 쿠스쿠스를 만드는 모습, 시민들의
데모, 정부에 반항하는 시민이 연행되는 모습, 어린 여자아이를
팔고 사는 모습, 윤리전통이 바뀌면서 이혼하거나, 극도로 폐쇄된

사회에서 다른 남자와 여자를 유혹하는 남녀관계의 풍속도 등은 튀니지의 오늘날 모습을 읽게 해주는 단서들이라고 할 수 있다. 그러나 소년 주변의 이런 모든 삶의 풍경을 읽게 해주는 대신 그것들이 서로 연결고리를 지어, 즉 이야기로 구성되는 데에는 이르지 못했다.

영화의 색깔도 튀니지의 전통적 면과는 결별한 채 서양의 기술을 답습하려고 했으나 여의치 못해 전편에 빛의 조감이라든가 조명이 세련되지 못했다. 이런 문제들은 편집 과정의 기술적 미흡함 때문인 것 같다. 조명기 없이 자연 빛을 쓰다 보니 영상이 항상 흰색에 가까울 수밖에 없고, 필름을 아끼다 보니 배우들의 아마추어적 연기도 숨길 수 없이 드러났다. 그럼에도 영화 속 아랍의 세계는 여전했고, 사막, 바람, 좁은 골목, 의상, 가족관계 등에 관한 그것대로의 고유한 색깔을 지니고 있었다. 이 영화에 출연한 배우들은 내게도 낯이 익은 이들이 많았다. 예를 들면 구두 수선장이와 노래를 하던 이는 국립 튀니지 극장장인 세합이었고(그는 몇 년 전, 우리나라에 와서 연극 워크숍을 했었다. 그때 내가 통역을 했기 때문에 잘 기억하고 있다) 또 파리 3대학에서 공부한 이들도 눈에 많이 띄었다. 그러나 이들의 연기도 아랍의 전통적 스타일과 다른, 이른바 유럽의 그것을 베꼈기 때문에 서툴고 이상해 보일 수밖에 없었다. 특히 앞에서 언급한 배우들은 모두 연극 전문교육을 파리에서 받은 이들이므로 그런 문제도 상당히 드러났다.

튀니지 같은 나라는 우리나라와 비교해서 몇 가지 공통점이 있다. 우선 유수한 문화적 전통과 문화유산을 지니고 있지만 근대에 들어와 프랑스 제국주의 지배를 받았기 때문에 그들의 고유한 유산을 정리하고 표현하는 데 많은 어려움이 있어 보였다. 이 영화가 식민 통치와 그에 저항하고 제 스스로를 보호하려는 오늘날 튀니지 사람들의 모든 문제를 다 말해줄 수는 없을 것이다. 예컨대 튀니지의 영화도 한국에서 수출영화라고 하는 것들—전통적인 생활로 되돌아가 그 겉만을 찍은—과 비슷했다. 그런 방식으로는 전통에 대한 탄생과 복원은 일정 부분 가능하겠지만 전통을 오늘로 연결하는 작업은 불가능하다. 마치 박물관에 진열된 것이 사람들에게 보이기 위해서 고정된 것이라고 한다면, 이런 유의 영화는 그 진열된 것들 가운데서 몇몇 움직이게 한 것들만 가치를 인정하는 것이기 때문이다. 이런 영화는 죽은 이야기만을 보여줄 수밖에 없다. 관객이 영화를 보면서 과거와 현재와 미래를 연결하도록 자생 능력을 주지 못하기 때문이다. 그러므로 영화를 보는 것은 단순히 박물관을 입장하는 것과 같다. 우리가 시간의 기억 장소인 박물관에 들어가 수많은 오브제를 보지만 그것들을 단순히 과거의 것으로 여길 때 그 방문의 의미는 반감되는 바와 같은 이유이다. 그 오브제와 나의 하등의 깊은 관계를 저울질할 수 없기 때문이다. 오브제와 나의 이야기, 그 시간에 대한 기억들이 빠져 있기 때문이다.

이 영화에서 이야기를 만들어주는 것은 소년의 등장과 그의 시선에 있었다. 그래서 연출가는 영화에서 자주 소년의 불안한 심리를 클로즈업해서 보여주었다. 즉 그가 새로운 것을 경험하거나 바라는 것을 이루지 못하거나, 처음으로 이성의 벌거벗은 몸에 손을 대고 싶고 관계를 가지고 싶어했을 때 카메라는 지붕 위에 올라가 석양을 배경으로 그것을 관망하는 소년의 얼굴을 가까이 찍어 보였다. 소년이 보는 모든 것은 이 영화에서 오브제로 등장한다. 이 영화의 가장 커다란 약점은 오브제에 많은 할당을 한 반면에 이 오브제에 대한 소년의 관심과 심리는 단순히 그의 얼굴을 보여주는 것으로 만족하는 데 있다. 소년의 반응도 없고 기껏 반응이라고는 집에 일하러 들어온 처녀와 처음 육체적 관계를 맺고 기뻐하면서 지붕을 건너는 모습이 다였다. 이 장면은 전편에서 매우 우울해 보이던 소년의 복잡한 갈등과 심리를 완전히 단순화하는 우를 범하는 것 같았다. 사실 소년 나이의 얼굴에서 그의 심리를 무지개처럼 드러내라는 것은 얼마나 어려운 주문인가? 이는 마치 소년에게 그가 경험하지 못한 허구를 보이라는 주문과 같다. (영화에 대한 좋은 글은 나쁜 영화를 보고 왜 나쁘냐고 하는 것보다는 좋은 영화를 보고 왜 좋은가를 분석하는 능력에 달려 있다. 글쓰기의 행복은 남을 비판하기보다는 칭찬하는 바로 그곳에 있는 것이 아닌가. 영화에 대한 글을 쓰는 이는 좋은 영화를 보고 글을 써야 한다. 그러나 이것이 훨씬 어려운 것을 어찌하랴.)

　　이 영화가 안고 있는 문제는 우리나라 영화의 문제와 거의 같다. 식민통치로 인해 자기문화의 독자성을 지니고 있지 못한 역사적 환경에서, 자국의 고유한 문화환경과 외국에서 공부한 이들의 거리는 부득이한 것 같다. 이는 서양 문화 이입사史에 대한 연구와 같은 맥락이다. 앞서 말했듯이 이 영화에서 주된 역할을 하는 이들은 모두 연극 공부를 파리에서 한 이들이다. 그들은 튀니지 연극기관에서 커다란 책임을 지고 있는 이들이다. 그러나 내가 보건대 그들이 영화에서 보여준 연기는 거의 서양적 정서, 특히 프랑스의 그것을 빤히 모방하고 있다. 구두 수선장이와 바람잡이 역할을 한 세랍의 연기가 우선 그렇다. 나는 그를 튀니지 사람이라고 보기 어렵다고 생각한다. 그의 얼굴은 분명히 그 나라 사람이었지만 그의 연기는 서양 인물을 그려놓은 듯한 인상을 보여주었다. 물론 이 영화가 오늘을 사는 튀니지 사람들의 정서를 그리고 있고 말해주고 있다면 이 문제에 대해 어느 정도 후퇴할 수 있을 것 같다. 그러나 세랍의 연기는 너무 프랑스적으로 자기 나라의 문화와는 거리가 있어 보인다. 이런 점은 우리나라 영화나 연극계에서도 경계해야 할 일이다. 차라리 이 영화에서 가장 튀니지적인 인물들은 여자들로, 시장에서 장사를 하는 이들이 아침에 상점 문을 열 때와 해가 지고 문을 닫을 때 보여주던 하염없는 모습들이 새로웠다.

다시 아내에게

당신이 팩스로 보낸 편지 받았어. 전화로만 이야기를 하다가 이렇게 팩스로 금세 편지를 받고 보니 그 속도감이 놀라웠어. 당신이 연세대에서 보낸 편지를 오늘 받았고. 이만큼 전언의 다양한 가능성이 생겼네. 단순히 말을 하거나 글을 써야만 전언이 가능했던 시대는 지나갔지. 그래서 '무슨 무슨 담론에 관하여' 라는 글이 많은가 봐.

우선 블랑쇼 소설 번역을 끝내서 다행이야. 『미래의 책』^{최윤정} ^{옮김, 세계사, 1983}도 곧 발간이 된다니 축하할 일이네. 그 어려운 일들을 잘해내니. 내 그랬지, 당신은 그런 일들을 잘해낼 수 있는 능력이 있다고. 'trés bien' 이다. 이제부터 당신의 글을 쓸 수 있도록 해야 돼. 그래서 학위논문 쓸 때보다 더 많은 일을 하면 그게 최고야.

어제 파리 시청 앞 백화점에 가서 의진이 옷을 샀는데 마스터

카드는 받질 않아서 그냥 두고 왔어. 선물을 몇 개 준비하려고 하
는데 먼저 말해줄 수는 없어. 백화점에 갔을 때 이제는 살 것이 이
모저모 많다는 것을 깨달았어. 당신과 함께 왔다면 백화점의 진열
방식과 다양한 상품들을 함께 보고 의논해서 사고 싶은 욕망을 깊
이 느꼈을 거야. 어찌나 아름다운 디자인과 소품들이 많은지, 그것
은 일상의 사치가 아니라 삶의 질을 빛내줄 것들로 보였어. 내가
돈이 없어 엄두를 못 내는 것이 아쉽지만, 나중에 당신과 함께 구
입해야 의미가 있을 것 같아 사는 걸 그만두었지.

　　　당신의 글 중에 나의 마음을 읽기가 힘들다고 쓴 것에 대해
말해야 할 것 같아. 사실 프랑스에 오기 전에 나는 삶의 불확실성
에 매우 혼란스러웠어. 남자 나이 서른이 넘어서 이렇게 살 수 있
다고 전혀 생각해본 적이 없잖아. 당신이 편지에 자기 자신을 인정
하라고 했는데 이렇게 살 수 있다고 여기란 말인가? 요즘『참을 수
없는 존재의 가벼움』의 토마스와 테레사가 의사 일과 사진 찍기를
포기하고 시골로 내려와 새롭게 무엇인가를 하는 모습에 경도되어
있어. 아, 삶은 이렇게 저기서 또 가능하구나 하는 것을 깨달은 거
지. 이제는 참을 수 있고 무게가 있는 존재로 말이야. 사실 귀국해
서 지금까지 이렇게 살았다는 것이 내게는 항상 경이롭게 보였지.
그 경이로움은 죄책감 같은 것으로 연결되기도 해. 엄청난 삶의 불

확실성 앞에서도 그 엄청남을 모르고 살았든지, 아니면 불확실성은 단순히 확실성을 더 드러내기 위한 것으로 여겼든지 둘 중에 하나일 테니까. 오기 전 당신 몰래 읽은 책이『참을 수 없는 존재의 가벼움』이었다면 당신은 내 마음을 읽을 수 있을까? 가장 감동했던 부분은 사진을 찍던 테레사가 편한 존재로서 가벼움으로 찬 스위스 생활을 뒤로하고 다시 프라하로 돌아오는 대목이었어. 이유는 존재의 무거움을 되찾기 위한 결정이었지. 내가 파리로 오고 싶다는 결정을 하게 된 것도 여기에 크게 자극을 받은 덕분이야. 그래서 파리에 오자마자 이 세 시간 가까이 되는 이 영화를 보았던 게지. 삶의 불확실성 앞에 과감한 선택을 하는 그들을 다시 보고 싶었기 때문이었어. 어쩌면 우리들 눈앞에 있는 삶의 불확실성은 '참을 수 없는 존재의 가벼움들' 이야. 그 불확실성 앞에 당신을 끌고 갔다는 것이 내 확실성이야. 나는 이제 어느 정도 불확실하게 만든 바깥 존재의 가벼움들에 무감할 수 있고 미워하지 않을 수 있게 되었어. 그건 당신도 이미 알 거야. 나 스스로 무언가를 언제 어디서도 다시 시작할 수 있기를 바라. 그들처럼. 하는 일은 그 어느 것이라도 좋아. (토마스가 의사 개업을 할 수 없을 때 그가 한 일이 남의 집 유리창을 닦은 일이었다는 걸 상기해봐.) 그런 것을 배우고 싶어.

다행히 컴퓨터와 프린터까지 빌릴 수 있어 요사이는 맘껏 글을 써. 한글 파일을 출력하는 데도 전혀 문제가 없어. 그리고 브뤼노가 그룬딕 오디오를 빌려주어 음악을 듣는 데도 문제가 없고. 학교 앞에 있는 고전음악 전문점인 '음악의 초가집'에서 구입한 음반을 맘껏 들을 수 있어 좋아. 언젠가는 작고 오래된 오디오를 마련하고 싶어졌어. 조금 기다릴 것. 집 안이 조용할 거야. 의진이가 자거들랑 당신도 글 많이 쓰고. 안녕.

_______ 세상은 엉망, 그러나 연극이 있으니!

배우들은 놀랄 만한 가방을 가지고 있다. 그 안에는 상황들, 대화들, 우스개짓들comptines, 넋두리couplets들이 있다. 배우들은 이를 모두 외우고 있고 적절한 때 그 쓰임새를 활용하고 있다. 위대한 배우일수록 이 모두를 활용해 즉흥적 분위기를 만들 수 있다. 배우의 이런 기술들은 무수한 공연을 거쳐 실천적으로 쌓이고 고정된 것이다. 더러는 관객들에게 직접적으로 어떤 상황을 만들 수도 있지만 그 본질은 경험과 연구의 산물이다.

— 다리오 포, 『배우의 즐거운 지식Le gai savoir de l'acteur』

공연예술에 관한 오래된 자료들이 많은 파리 아르스날 도서관은 몇 년 만에 갔는데도 전혀 변화가 없었다. 오전 10시부터 오후 5시까지 여는 것도 같았고, 열람실 나올 때 사서에게 가방을 열어 보이는 것도 같았다. 열람실은 예전처럼 방이 하나였고 가운데 우뚝 선 자리에서는 주임사서가 열람자들을 내려다보고 있었다. 자리 하나하나에는 조그마한 전등이 켜져 있었다. 그런 변함없음은 도서카드에서도 그대로 드러났다. 수많은 자료들을 카드로 정리하는 데 한계가 있을 텐데 아직도 예전 방법을 그대로 쓰고 있다. 복사하는 데도 절차가 까다롭고 불편하기 그지없었다. 계속 걸었더니 다리에 힘이 쭉 빠지는 것 같아 자리에 앉았는데 책을 신청해서 읽을 기력이 없을 것 같았다. 도서관을 나와서 대형서점인 프낙에 가서 아동과 청소년에 관한 연극을 다룬 책과 번역할 만한 책을 몇 권 구입했다.

공연 잡지 〈테아트르 퍼블릭〉은 100호를 발행하면서, 잡지 창간 당시 브레히트의 영향을 받아 그에 관한 특집을 실었던 것처럼 이번에도 그를 특집 주제로 잡았다. 〈그러니까 브레히트 씨, 지금 당신의 직업은 무엇입니까?〉 이 제목은 1947년 미국 반미활동 청문회에서 브레히트에게 물어본 질문 중에 하나다. 이번 100호의 특집 제목은 이것을 그대로 옮겼다. 그리고 지금까지 이 잡지는 그의 연극이 열정적인 것도 아니고 머리를 쓰는 것도 아닌, 그 자체로 좋은 의미에서 잘 만들어진 연극이라는 사실을 꾸준히 밝혀왔다.

우리는 브레히트를 얼마나 수용했고 어디까지 연구했는가? 대학에서 브레히트 연구는 최근 들어 잠잠해졌다. 연극 분야에서 이런 연구는 오랜 시간을 갖고 전문가들이 서로 협력해서 진행해야 한다.

오데옹 극장 앞에 있던 연극 전문 책방인 쿠 드 파피에는 몇 해 전 주인이 바뀌었다. 늙은 할머니와 젊은 사내가 하던 이 책방은 이제 젊은 두 여자가 운영하고 있었다. 예전의 젊은 사내는 파리 오페라 극장 근처 물랭 거리에다 다시 쿠 드 테아트르란 책방을 냈다. 때마침 찾아간 쿠 드 파피에에서는 마스터 카드를 받지 않아서 책을 살 수가 없었다. 이왕이면 예전의 할머니를 생각해서 이곳에서 몇 권 사고 싶었는데 말이다. 새로운 주인은 비교적 친절하려고 했지만 예전만큼 다정하질 못했다. 오늘 가본 쿠 드 테아트르에서 내가 그를 알아보자 그는 몹시 좋아했다. 다른 남자와 더불어서 운영을 하고 있는 모양이었다. 책방은 2층으로 되어 있고 연극, 오페라에 관한 책들을 다루고 있었다. 매장 뒤편으로 또 창고 같은 방이 있어서 그곳에서 많은 책들을 가지고 나왔다. 예전에 쿠 드 파피에에서는 매장의 한쪽 사다리를 타고 내려가 지하실에서 책을 가지고 나왔는데 묘한 대조다. 출입문에는 프랑스의 극작가이자 소설가인 장 지로두의 글귀 하나, "Tout irait mal, mais il y a le théâtre!"가 인쇄되어 붙어 있었다. 농담처럼 번역하자면, "세상은 엉망, 그러나 연극이 있으니!"라고 하면 좋겠다. 전에 사지 못한 책들을 구입하고 마스터 카드로 결제를 했다. 연극 책방이 운영되는 것은 무엇에 힘입은 건가? 독자가 많다는 말인가? 만약 우리나라 서울 어느 한구석 연극 전문 책방이 열린다면 운영이 될까? 중고등 학교 참고서를 팔지 않고서는 책방이 운영될 수 없다는 교훈만을 깨닫게 될 것 같다.

연극 책방을 나와서 제르맹 데 프레 길을 가로질러 사마리탱 백화점에 들렀다. 사고 싶은 것이 참 많았다. 등산화도 한 켤레 사고 싶었다. 좋은 것은 600~700프랑 정도 했다. 나는 그냥 계단을 내려와서 센 강가에 있는 21번 버스 정거장에 섰다. 오는 버스를 탔다. 사고 싶다는 욕구를 애써 잊으려고 했다. 그리고 소르본 앞에서 38번으로 갈아타고 기숙사로 돌아왔다. 도착하자 피로가 한껏 밀려와서 글을 쓸 수가 없었다. 꼭 이 시간대면 졸음이 온다. 나이가 든 탓일까? 한 시간 정도 잠을 자두었다. 저녁은 간단히 해서 먹었다. 당분간 외출을 삼가고 글을 많이 써야 할 것 같다. 그동안 구입한 책들도 한 번씩은 다 들여다보아야 하고 글도 계속 써야 할 것이다.

저녁에는 홀에서 브뤼노와 차를 함께 마셨다. 우리가 나눈 대화는 주로 교육제도에 관한 것이었다. 비록 프랑스에서 68혁명 때처럼 세상을 변혁할 수 있다는 정치적 환상이 모두 사라졌지만, 국민이 정치화되고 사회화되어서 자기 의견을 개진하지 않는 한 영영 정치적 변화를 꾀할 수 없을 거라는 생각이 들었다. 이 친구와 대화를 하면 시간이 절로 간다. 나중에는 끊이지 않는 대화에 몸이 힘들었다. 내일부터는 가능한 잡담을 줄이고 책을 읽고 글을 쓰도록 해야겠다. 정치와 문화에 관한 장시간 잡담은 재미있었지만 내게 피로감을 주기도 했다.

꼭두각시의 세계

헨리크 주르코프스키Henryk Jurkowski의 책 『작가와 인형극Ecrivains et marionnettes』을 읽다. 국제 인형극 협회에서 나온 책인데 이 방면에 관한 연구가 동구권에서도 계속 진행 중임을 밝혀주는 좋은 책이다. 마리오네트(꼭두각시)의 세계에 새롭게 들어가는 기분으로 책의 앞부분을 읽는다. 그리스의 철학자 제노폰은 그의 책 『향연Symposium』에서 마임하는 이들을 꼭두각시로 묘사하고 있다. 제노폰은 마이미스트들이 디오니소스와 아리아드네의 사랑을 주제로 꼭두각시와 더불어 공연한 작품에 대해 기록하고 있다.

La marionnette, elle, est limitée, une fois pour toutes, â sa propre figuration, à l'image qu'elle offre d'un homme, d'une idée, d'une figure symbolique, d'un objet qui s'anime avec elle. Sa parole est liée, dépendante, des rapports toujours singuliers entre la forme donnée par la sculpture et l'orginalité de la gesticulation et de la voix que lui prête le marionnettiste dans sa manipulation. D'où l'improvisation verbale sur canevas qui a souvent commandé la création opérée par les marionnettistes.

인형극에 나오는 꼭두각시는 딱 한 가지 의미로 굳어 있다. 어떤 사람, 어떤 생각, 어떤 상징적인 의미, 어떤 사물 하나가 꼭두각시와 함께 태어난다. 꼭두각시의 말은 인형의 형태와 그 독특한 움직임 그리고 배우가 빌려주는 목소리와의 독특한 관계에 달려 있다. 바로 그런 데서 인형극 하는 사람들이 자주 만들어내는, 캔버스 위의 즉흥언어가 생겨난다.

______ 시테 식당 안

낮에는 춥다는 생각이 들 정도로 몸이 오그라든다. 아내가 긴 소매 달린 옷을 넣지 않았기 때문에 한여름에 약간 추위를 느낀다. 그래서 오늘은 외출을 하지 않고 방에서 일을 한다. 그러나 오후에는 감기 기운이 있어서 자리에 누워 잠을 자두었다. 6시쯤 일어나서 정신을 차리려고 기숙사 근처에 있는 포르트 도르레앙 주변을 산책하다. 앙리 루소 길, 알퐁스 도데 길을 걸어서 다시 기숙사로 돌아왔다. 침대보가 얇은 것 같아서 그 위에 겨울용 모포를 덮었다. 그리고 시테 식당에 가서 저녁을 먹었다. 돌아오는 길, 기숙사 앞에서 고려대 김화영 교수님을 보았다. 간단히 목례로 인사를 했다. 몸이 불편해지자 집 생각이 뼛속까지 찾아든다. 이렇게 몸이 망가지고 나이가 들어 늙으면 그저 제 집을 찾아가 쉬고 싶은 모양이다. 어찌할 수 없는 일……. 시테 식당에 오면 학생 때 보았던 인물들이 지금도 나이가 들어 어깨를 꾸부정하게 한 채 식당 문을 들어오는 모습을 볼 수 있다. 처음에는 그런대로 그들이 반가웠다. 저 인간들, 이렇게 살아가고 있구나. 이런 인물들은 한결같이 삐쩍 말랐거나, 얼굴 어딘가에 좀 정신이상적인 분위기를 풍긴다. 머리에는 비듬이 있고 흰 머리칼들이 듬성듬성하고, 하염없이 먼 곳과 가까운 곳을 번갈아가며 살피고 있었다. 지겹지도 않을까? 벌써 10년은 됐을 것 같은 데, 대학 식당 메뉴가 질리지도 않은지, 그리고 저들의 꿈은 무엇인지, 인생을 이렇게 보낼 수는 없을 텐데, 그들의 이런 자세가 용감하기도 하고 인생이 좀 허무하기도 하고, 저들의 미래는 어디로 가고 있는지, 그들이 안주할 곳은 어딘지, 아아 그들에 대하여 알고 싶은 것이 많아졌다. 산다는 일이 이렇게 단순할 수도 있는 건지, 그것이 가능하다면 그들의 이런 생활을 가능하게 하는 철학은 무엇인가? 지금까지 나는 세상에 커다란 가치만을 확인하고 확인시키기 위해서 있었다면, 저들의 가치는 도대체 무엇인가? 세상에서 말하고 글로 써서 책을 만들 만큼의 높은 가치만이 반드시 다는 아니겠지, 아, 저들을 보라. 마치 먹을거리를 찾아 그 주변에 모여드는 조그만 미생물처럼 시간이 되면 꾸역꾸역 식당 문을 들어서는 저들의 얼굴, 나는 저들의 숨김 없는 인격을 지금 식당에서 존중하고 싶다. 저들도 내 모습을 기억하고 있을 것이다. 어떻게?

_____ 가난한 이들의 한 끼 식사

시테 식당을 가난한 이들만이 와서 식사하는 곳으로 여기고 싶지는 않다. 시테 식당은 가난한 이들이 여유롭게 식사할 수 있는 풍요로운 곳일 게다. 누구나 환영하고 누구도 거부하지 않는 이곳은 가난한 이들에게는 가난을 잠시라도 잊을 수 있는 공간이다. 그리고 그들보다 좀 더 처지가 나은 이들은 가난과 가난하지 않음을 한 치 구별하지 않고 어울릴 수 있음을 먹을거리를 통하여 확인하는 유일한 공부방이다. 여기서 가난한 이들을 본다. 가난할 수도 있고 가난하면 가난한 대로 이렇게 끼리끼리 모여 살 수 있다는 것을 위안으로 삼는다. 아, 가난하다는 것은 무엇인가? 단지 귀찮은 일인가? 있다가 없다는 것, 없다가도 아예 있을 것 같다는 생각을 하지 않는 것, 없다는 것이 있다는 것보다 훨씬 많은 것인가? 더 이상 없다는 것은 있다는 것보다 훨씬 풍요롭다. 나는 지금 무엇이 있고 무엇이 없어 결핍되었다고 여기고 있는가? 돈인가? 아니면 있어야 하는 또 다른 무엇인가? 시테 식당에 와서 저 가난한 이들의 뒷모습을 보면서 식사를 할 때면, 일상 중에서 가장 경건해지고, 이 한 끼 식사가 한없이 귀하게 여겨진다. 그래서 이 식당에서 식사를 하는 일과는 철학적인 경험을 안겨다 준다. 시테 식당이여, 영원하라, 가난한 이들이 풍요로운 꿈을 나누어 가질 수 있는 곳. 가난하다고 빈 주머니를 탓하는 이들이여, 이곳으로 오라, 여기에 진리가 있다.

관객의 몫

라디오 방송국인 '프랑스 퀼티르'에서 아비뇽 축제 기간 중에 열린 토론을 듣다. 현재 프랑스에서 활약하는 연출가 및 작가들이 등장해서 오늘의 연극에서 관객이란 무엇인가를, 관객이 올 수 있도록 연극은 무엇을 해야 하는지를 논했다. 토론의 주제는 1차적으로 연극에서 관객이란 무엇인가에서 시작했다. 토론자들은 다들 관객에 관한 사회학적 연구에는 흥미가 없다고 했다. 왜냐하면 아비뇽만 하더라도 관객의 능동적 참여보다는 여행사가 주최하는 프로그램에 따라 특정 연극에 몰려들기 때문에 연구가 작위적이라는 지적이다. 누군가가 "연극은 관객에게 무언가를 전하는 것"이라고 했다. 재미있는 표현이다. 그리고 연극이 관객에게 어떤 영향을 미쳐야 하는지에 관해서도 언급이 있었다. 그들을 만족하게 만드는 것이 아니라, 오히려 불만족하게 하면서 무대와 객석을 연결해야 한다고 말해기도 했다. 연출가 베르나르 소벨은 그의 평소 이념대로 오늘날 관객이 이렇게 없는 문제는 극복이나 이해의 문제이기보다는 투쟁의 문제라고 힘주어 말했다. 또 소벨뿐만 아니라 참가자들은 공통적으로 오늘날 연극이 안고 있는 문제는 새로운 미디어에 의해서 관객의 흥미가 변했고, 그로 인하여 연극도 많이 세속화된 것이라고 지적했다. 몇몇 토론자들은 이런 것을 인정하고 관객을 어떻게 찾아야 할 것인가를 논해야 한다고 반론했다. 그런 한 가지 예로서 국립 콜린느 극장장은 관객의 호기심을 유발해 극장에 오도록 해야 한다고 했다. 그는 '충동질하다provoquer' '야기하다souciter'와 같은 격한 동사들을 사용했다. 그 말보다 그렇게 말하는 그가 더 매혹적으로 보였다.

한편 "연극이 관객을 찾아야 하는 것이 아니라 관객이 연극을 찾아야 한다"라는, 배우이자 연출가인 다니에 메기쉬의 말에 다들 박수를 쳤다. 그리고 아비뇽이 예전에는 연극을 보급하는 특별한 장소였지만 지금은 다른 곳과 전혀 차이가 없기 때문에 이제 아비뇽이 아닌 새로운 장소를 찾아야 할 때라는 주장도 나왔다. 메기쉬의 관객을 모독하는 발언에 관해서 청중 가운데 한 명이 "왜 오늘날 연극에서 관객이 중요한 존재가 아니냐"는 반론과 더불어 질문했다. 하지만 여전히 나에게는, 관객을 찾는 일은 연극이나 연극에 종사하는 이들의 몫이 아니라 반대로 연극을 찾는 일이 관객의 몫이란 이야기가 신선했다. 그러므로 연극은 적극적 의미에서 엘리트 관객을 지닐 수 있고 엘리트 예술이 된다고 말하는 다니에 메기쉬의 발언은 매력적이다. 이러한 발언들을 종합해볼 때, 1970년대의 연극론들 중에 관객에 관한 연구는 새로운 변화를 겪을 수밖에 없다. 과연 연극이 어떻게 이 시대에 살아남아 그 존재의 몫을 할 수 있을 것인가? 우린 관객을 모신다는 생각만을 하지 않았던가? 그러나 이제는 관객이 엘리트가 되기 위해서는 연극을 찾아 나서는 윤리적인 행동을 해야 할 때란 입장을 한번 생각해보자. 소벨, 메기쉬, 주르드힐, 빈센트 등 유명한 연극인들의 생각을 듣는 좋은 기회였다. 테이프로 녹음을 해두었다.

연극을 공부하는 한국 유학생이 올린 연극을 보았다. 제목을 '김 양의 이야기'라고 번역해도 좋을 듯싶다. 연극 무대에서 펼쳐진 이야기와 광경은 참 부조리하다. 앞뒤가 맞지 않고 말도 안 되는 말들로 듣고 말하고 이야기가 뒤죽박죽 무대를 덮은 것을 우리는 '부조리 연극'이라고 한다. 그래도 관객은 그 광경을 보고 판단할 권리가 있다. 관객으로서 보건대 이 사건은 그야말로 말이 안 된다. 한국에서 온 김 양은 강하고 무식했다. 주인공 김 양은 프랑스 남자와 지내다 헤어지고 싶었다. 서른다섯 된 남자, 그리고 아홉 살 난 그의 아들, 그 외에 그들 주변에는 아무것도 없다. 김 양은 그 남자와 그 아들이 베푸는 모든 호의를 받으며 같이 지냈다. 그러니까 4년이란 세월 동안 아내와 엄마 역할을 하면서 살았다. 그런데 어느 날 여자가 헤어지려고 한다. 김 양은 임신에 따른 고통을 남자가 주는 고통이라고 말하는 여자처럼 보였다. 그리고 그들 사이에 아이를 낳아서는 안 된다고 스스로 생각해서 아이를 낙태하고, 남자를 미움의 대상으로만 여긴다. 도대체 무슨 내용인지 가늠하기 어려웠다. 연극은 처음부터 부조리했다. 조만간 한국에 가서 공연할 예정이라고도 했다. 극단의 이름도 너무 거창했다. 연극이 끝나자마자 곧바로 기숙사로 돌아왔다. 날은 이미

어둑해졌다.

　　내게도 유학 시절, 가까이 지내던 프랑스 친구가 있었다. 아내와 이혼하고 아이와 함께 살고 있던 그는 한 한국 여성과 친해졌다. 그러나 현실적으로 그들의 결혼은 불가능해 보였다. 우리 식으로 말하면 남자와 여자의 만남이 아니라 아이가 있는 이혼한 남자와 젊은 처녀의 만남이 아닌가. 아이의 아버지는 전화기에 등록한 번호를 눌러 서울로 돌아간 여자와 통화를 시도하고 있었다. 그리고 아이는 외로워서 울고 있었다. 남자가 프랑스어로 말하자 상대방은 금세 끊어버린다. 수화기를 내려놓고 아이와 아버지는 서로 껴안고 울고 있었다. 나는 무대 위 그들을 하염없이 쳐다볼 수밖에 없었다. 아이는 아버지와 한국 여성 사이의 문제를 다 이해할 수 없었다. 아이는 보고 싶다는 바람으로, 서울로 간 아버지의 여자친구와 전화통화를 원했다. 그러나 상대방은 통화를 원하지 않았다. 아이는 친엄마와 헤어진 후 또 누군가를 잃어버리는 아픔을 겪고 있었다. 아이는 말하고 싶은데 말할 수 없는 상황을 아픔으로 받아들이고 있었다. 저쪽에 아는 한 사람이 있어 이렇게 손을 흔들면서 소리치는데 알아보지 못한다면 아이에게 비극적인 일이 아닌가. 아이가 내 방문을 열고 들어왔다. 아이는 울고 있었다. 나는 컴퓨터를 켜놓고 자판을 두드리며 글을 쓰고 있는 중이었다. 귀에 들리는 아이의 목소리는 화급했고, 동시에 처절하게 울렸다. 아이는 프랑스어로 말했다. "아저씨가 한국말로 전화해서 통화할 수 있게 해주면 나아질 것 같아요." 문제는 프랑스 말도 우리말도 아니었다. 그저 말이었다. 아이는 말하고 싶고, 말을 듣고 싶은 것뿐이었다. 무슨 말이라도 듣고 싶었던 것이었다. 아이는 같은 건물에 사는 한국말을 할 줄 아는 날 떠올리고 찾아온 것이었다. '전화 한 통화가 삶을 구할 수 있다Un coup de fil peut sauver une vie'는 것은 프랑스 통신부의 구호가 아닌가!

　　나는 아이의 손을 잡고 그들이 사는 방으로 들어갔다. 내가 위로의 말을 건네자 아이와 아버지는 서로 얼굴을 감싸며 울기 시작했다. 나는 앞쪽으로 난 창문을 바라보았다. 아침 햇빛은 벌써 뜨거운 열로 방 안까지 후텁지근하게 만들었다. 나는 바깥에 길 위를 지나가는 사람들을 부럽게 쳐다보아야만 했다. 기숙사 옆 오솔길에 피어 있는 나뭇가지의 잎사귀들이 흔들리고 있었다. 바람이 지나가고 있었고, 이들의 울음은 조용히 계속되었다. 사람이 그리워 우는 울음은 고독한 이들이 절규와 같다. 운다는 것은 고독하다는 것을 긍정하는 것, 울음은 듣는 것이 아니라 지켜보고 닦아주어야 하는 것. 난 그때 처음으로 아홉 살짜리 아이와 서른다섯 된 남자의 울음을 닦아주었다.

서울에 전화를 여러 번 했으나 통화를 할 수 없었다. 상대방이 전화를 받으려 하지 않았기 때문이었다. 나는 하는 수 없이 아내에게 전화를 걸었다. 아내더러 이들을 위로해주도록 부탁했다. 아내도 가끔 프랑스로 와서 내가 사는 기숙사에 머물던 터라 이들을 잘 알고 있었다. 아이는 울음을 조금씩 멈추었고, 남자도 안정되는 듯 보였다. 나는 다시 내 방으로 돌아와, 『햄릿』 2막 2장을 펼쳤다. 햄릿이 책을 읽고 무대에 등장하는 장면이다. 아버지를 잃은 불쌍한 아들이 책을 읽으며 슬피 등장하는데, 폴로니어스가 이렇게 묻는다. "무슨 책을 읽고 계십니까?" 햄릿의 대답은 "말, 말, 말"이었다. 오후가 되자 남자는 내게 전화를 걸어왔다. 바쁘더라도 자기네 방으로 내려와달라고 했다. 아이가 정신적으로 장애가 생긴 것 같다고 그가 말했다. 남자는 전화로 의사를 불렀다. 아무래도 아이의 정서가 무척 불안하다고 판단했기 때문이다. 의사는 아이에게 주사를 놓고, 몇 가지 약을 주고 갔다. 아이는 약을 먹고 침대에 잠들어버렸다. 그런 모습을 지켜보면서 저녁 늦은 시간까지 나는 그들 곁에 있어야 했다. 새벽 1시쯤 되자, 아이는 한국 여성과 통화할 수 있었다. 그들은 한동안 이야기를 나누었고 남자는 그 전화를 이어받아 한 시간 동안 그녀와 이야기를 했다.

무슨 문제가 있을 때마다 아이와 남자는 말하고 싶어했다. 말함으로써 함께 살 수 없는 이유를 알고 싶어했고, 무엇보다도 상대방과 통화를 하고 싶어했다. 반면에 우리는 이런 문제에 대해서는 냉혹하게 끊어야 한다고 믿는 것 같다. 어차피 서울과 파리는 공간적으로 합일될 수 없는 먼 거리가 아닌가? 전화를 일부러 받지도 않고 그간의 만남을 한순간에 그만 없었던 것으로 하겠다는 생각은 남자의 표현을 빌린다면 '반역'이다. 이들은 지금 전화로 그저 말하고 싶었을 뿐이었다. 그것을 불가능하게 만드는 것이야말로 가장 비인간적인 처사가 아니고 무엇이겠는가. 말하고 싶다는 소망을 인간관계의 분명한 청산이란 이유로 자르는 것은 어리석은 일이다. 우리는 그런 실수를 자주 한다. 말하고 싶어하는 것은 참을 수 없는 인간의 욕망이다. 그것은 인간이 할 수 있는 가장 품위 있는 일이 아닌가. 남자와 나는 새벽 2시가 될 때까지 방에 앉아 차를 넉 잔이나 마시며 이야기를 나누었다. 나는 그를 통하여 일상의 삶에서 말하기의 중요성을 배우고 있었다. 그는 이제 한국 여성을 잊고 새롭게 인생을 시작하기로 했다고 말했다. 다음 날 아침, 남자는 어린 아들을 데리고 기숙사 앞 공원으로 산책을 하며 한 시간 정도 토론을 했다. 그는 고통스러운 한 존재를 설득하고 있었다. 새롭게 시작하자고, 또 좋은 사람을 만날 수 있다고, 헤어진 엄마에게 돌아갈 수도 있다고…… . 산책에서 돌아온 남자는 부엌 한

컨에 앉아 홀로 백포도주를 마셨다. 지난 한 달 동안 제대로 먹지
도 못했고 잘 자지도 못한 채 보낸 탓으로 표정이 수척해졌다. 그
래도 남자는 이제부터 편하게 지낼 수 있다는 표정을 보이며 내게
고맙다는 인사를 했다. 긴 여행이 끝나고, 새로운 여정이 그들을
기다리고 있는 것 같았다. 나는 그들 곁에 좋은 빵처럼 좋은 친구
bon commme du bon pain로 남고 싶었다. 그런 내 뜻이 전해졌는지, 남
자는 아이를 데리고 내년쯤에 다시 한국에 가고 싶다고 했다. 그리
고 여전히 한국을 좋아한다고 했다. 나는 그들이 현명하게 다시 시
작하는 것을 맘껏 축복했다.

———— 의지의 산물, 글쓰기

J'ai rejoint la rue d'Ulm. elle était déserte. J'avais beau me dire
que cela n'avait rien d'insolite un dimanche soir, dans ce quartier
studieux et provincial, je me demandais si j'étais encore à Paris.
Devant moi, le dôme du Panthéon. J'ai eu peur de me retrouver tout
seul, au pied de ce monument funèbre, sous la lune, et je me suis
engagé dans la rue Lhomond.

—P. Modiano, *Fleurs de ruine*, Ed du Seuil, 1991. p. 13.

될므 거리에 다시 왔다. 텅 비어 있었다. 공부하는 분위기의 시골 같은 동네의 일요일 저녁이니 하등 이상할 것이 없다고 생각해봐도 소용이 없었다. 내가 있는 이곳이 파리인지 생각하게 되었다. 나는 내가 달밤에 죽음의 유적지 근처에 혼자 남아 있는 게 아닌가 더럭 겁이 나서 로몽 거리로 접어들었다.

—파트릭 모디아노, 『폐허의 꽃들』, 쇠이유 출판사, 1991년, 13쪽.

글쓰기는 무엇인가? 그것은 진술 행위. 글쓰기를 통하여 이 세계를 제대로 볼 수 있는 일. 그리고 글을 써서 이 세계를 달리 볼 수 있게 되는 과정. 글이 과거를 담는다고 할 때, 글은 과거를 과거 시제로 놓는 것이 아니라 현재시제로 바꿔놓을 수 있어야 한다. 그런 면에서 글쓰기는 허구일 터이다. 글은 과거를 담되, 과거를 왜곡해서 표현하는 훌륭한 저장장치이다. 나는 이 글쓰기를 통하여 과거를 고스란히 담아내고 싶다. 파리까지 와서 직업인 연극 공부에 관한 글을 쓰는 대신 몇 년 전 이곳의 생활을 쓰려는 이유는 왜 연극 공부를 해야 하는가를 더 구체적으로 확인하기 위해서다. 그래야만 미래가 밝게 보이지 않는 연극 공부를 그나마 계속할 수 있을 것 같다. 그런 맥락에서 이 글쓰기는 절실한 과거로 되돌아감이며 동시에 불확실한 미래로 뚜벅뚜벅 걸어가게 하는 의지의 산물이다.

모든 사람들의 모든 것에서 출발하는 연구

파리의 한여름, 라디오에서는 피서를 가지 못한 이들을 위한 여러 가지 토론 프로그램들이 많이 방송된다. (일상적으로 이들은 토론하다discuter라는 말을 이럴 경우에 사용한다. 이 뜻은 단순히 일정한 주제를 정해서 여럿이 함께 이야기하는 것을 의미한다. 하지만 이 동사는 일상적으로 매우 빛이 나는 말이다. 이 말을 처음 들었을 때 그리 달갑지 않은 느낌이었다. 분명 discuter란 단어는 무엇이 옳은가를 따지자는 쓰임으로 받아들였기 때문이다. 하지만 말하다라는 뜻의 parler나 dire와 같은 동사는 그 얼마나 책임과 거리가 먼 문학적 용어인가?) 글쎄 이 모든 것들이 반드시 이번 여름을 위한 것만은 아닐 테지만 말이다.

이들이 다루고 있는 주제는 핵문제부터, 버려진 개들의 문제, 피서 가서 낮잠 자는 것이 야기할 모럴의 문제(그러니까 일할 시간에 낮잠을 잘 수 있는 것은 휴가의 특권이지만, 다른 한편으로 갑작스럽게 일상과 괴리된 듯한 느낌에 휩싸인다는 문제제기), 아비뇽 축제에서 과연 이런 연극제가 계속되어야 하는 이유를 묻는 연극에 관한 토론, 대중가수들의 공연실황을 중계하면서 들려주는 그들의 세계와 뮤지션들의 담론 등 아주 다양하다. 모든 토론에는 한결같이 그 분야의 전문가들이 항상 여럿이 등장한다. 이들은 적어도 이 작고 별 볼 일 없을 것 같은 분야에 관해서 연구를 지속적으로 하고 있고 이에 관한 저서를 펴낸 이들이다.

토론의 다종다양한 주제와 내용을 듣다 보면 공부하는 분야는 우리보다 훨씬 미시적이지만 과연 이런 것도 공부거리가 되는구나 하는 놀라움을 느낄 때가 많다. 예를 들면 파리 구석구석에 있는 상점들을 골라 실내장식을 들어 분위기를 이야기해주고 더불어 파는 물건의 특징들을 연구하는 이들, 여름 피서 기간에 버려지는 개들을 사기 위해 때맞춰 지방을 돌아다니는 개장수를 연구하는 이들, 지구상에 있는 조그만 나라의 풍속과 그곳에 사는 사람들에 관한 인류학적 연구를 하는 이들, 음악가들의 생활만 연구해서 그들의 족보와 가계 혈통에 정통한 이 등등. 어떻게 이런 연구가 가능할까? 그리고 이 방면의 책이 팔리는 힘은 어디에서 기인하는지를 알고 싶다. 이를 위해서는 이들이 삶의 수많은 편린들에 관해 품는 호기심을 눈여겨볼 필요가 있다. 그리고 연구 대상에 관한 우리의 고정된 시선을 버려야 할 것이다.

상아탑의 고루한 연구자들은 자신들의 공부가 세상과 사회를 단박에 뒤엎어버릴 수 있고 세상의 원칙과 사상이 그곳에만 있다고 믿는다. 연구는 이러한 맹신에서 벗어나야 할 것이다. 토론은 삶의 의미는 모든 사람들의 모든 것에서 출발한다는 것을 알게 한다. 작게 공부나 크게 연구라는 것도 당연히 이런 모든 것이 다 재료가 되어야 하지 않을까? 문화와 사회의 제도라는 것은 다양한 삶의 거리들 중에서 가장 보편적이고 동시에 권위 있는 것만을 골라 형식과 내용을 제한하고, 하나의 이름을 정해놓았을 뿐이다. 제도는 선택된 것을 정당화하고 고정된 것으로 만드는 장점이 있는 반면에 나머지 것들을 소홀하게 취급하며 무시하는 단점이 있다. 우리 사회에서 이런 현상은 예부터 두드러진다. 식민과 전쟁, 그리고 내란으로 이어지는 모든 사회적 불안정은 합리적인 제도 자체를 불가능하게 만들었기 때문일 것이다. 지금까지 대부분 제도라는 것은 그때그때 요구된 필요에 따라 만들어지지 않았는가. 이런 경우, 제도는 삶의 합목적성에 복무하는 것이 아니라 제도 자체의 필요성이라는 목적에 부응했다고 볼 수 있다. 따라서 제도가 포함해야 할 삶의 다원성은 잊히거나 소홀해지기 일쑤이고, 제도는 제 가치를 지니지 못한 채 형식적으로만 존재하는 꼴이 된다.

사라지는 모든 것은 소외다. 사라지게 하는 것은 권력의 맹목이다. 죽임과 버려짐으로 향하는 가치의 소멸이다. 우리에게 삶에 대한 다양한 연구와 공부가 필요하고, 이런 일을 하는 사람들이 많아지는 것은 제도가 범한 역사적 실책을 치유한다는 의미에서 매우 중요하다. 그뿐만 아니라 쓸데없는 것을 연구해서 쓸데 있는 것으로 만들어내고, 별 볼 일 없는 일을 별 볼 일 있게 하는 창조적 작업은 우리 삶의 주제를 풍성하게 한다는 면에서 매우 중요하다. 공부의 대상은 삶의 사라지는 모든 것에서 가능하다. 공부는 사라지는 것을 움켜잡으려고 육체의 움직임을 발동시키는 정신의 명령이다. 그러므로 공부하는 이들은 늘 젊은 학생이 된다. 나도 남들이 하지 않는 공부를 하고 싶다. 아, 그러나 그 정신도 언젠가는 멈추지 않는가?

_____ 들어도 되고 안 들어도 되는 그들의 말

앞에서도 말했듯, 하찮게 보이는 주제를 다루는 방송을 듣다 보면 이런 분야도 토론거리가 되고 누군가가 연구를 하고 있다는 생각에 놀라게 된다. 하지만 우리는 사회의 저명인사들만이 모든 문제를 다루고, 또 다룰 수 있다고 믿고 있는 것 같다. 예를 들어 방송에서 자주 볼 수 있는 정신과 의사들이다. 그들이 하는 말들은 거의 전방위적이고, 초인간적이다. 중고등학교 학생들의 성문제, 사회의 복잡한 문제들과 성인들의 심리문제, 심지어 한국사회와 구성원들의 정체성에 이르기까지. 텔레비전 토론 프로그램에는 매번 탤런트 교수들, 대중적 인기에 영합하는 교수들이 등장해서 여러 주제에 대해 비슷한 견해와, '그럴 것 같다'는 책임 없는 소리들만 한다. 그래도 된다. 네모난 텔레비전에 비치는 그들의 모습은 거의 반쪽뿐이다. 상체만 보이고 하체는 전혀 드러나지 않는 것처럼. 그들의 손과 얼굴에서 보이는 표현은 거의 똑같다. 그곳에서는 다른 모습을 보여주는 것이 금지되어 있는지도 모른다. (카메라는 그들이 말하는 도중에 컵을 가까이 대고 물 마시는 모습도 보여주지 않는다.) 그들은 스스로도 전문가로 자처하고 조금도 거리낌이 말한다. 탤런트 교수들이라고 이름 붙여진 이들의 공통적 특징은 지극히 과시적이고 권위적인 면모다.

이런 토론 프로그램에 출연하는 거의 대부분이 대학 교수라는 점도 우리 사회의 전문가 부재를 말해주는 단적인 증거다. 대학의 강의도 이제는 철학적, 인문적 차원의 지식에서 교양 차원의 슈퍼마켓 식 지식, 단순한 종합적 지식만을 전하는 곳으로 변모했다. 들어도 되고 안 들어도 되는 그들의 말. 보아도 되고 안 보아도 되는 토론 프로그램들이 난무한다. 며칠 전 프랑스에서 핵문제에 관해 토론을 할 때였다. 프랑스을 위시한 강대국 몇몇이 핵에 관한 협정을 체결하고 제3세계의 핵보유를 강력히 저지하자는 입장에 관한 토론이었다. 청취자 한 사람이 전화로 프랑스가 핵을 하고 실

험하고 하면서 무슨 권리와 명분으로 다른 나라에게는 특히 제3세
계에게는 핵을 보유하지 못하도록 하는가를 장관에게 따지고 있었
다. 장관은 정확한 질문이라고 받아놓고 우린 '그저 공격용이 아니
라 우리의 안전을 위한 최소한의 실험을 하는 것'이라고 할 뿐 그
이상은 대답을 못했다.

______ 상상력은 지식보다 더 중요하다

토론에는 자유가 있어야 한다. 그리고 검열이 없어야 한다. 타
인의 의한 검열이든, 자기 자신에 의한 검열이든. 토론에서 나 아닌
다른 이의 의견을 맘껏 들을 수 있다는 것은 타인과의 교제가 가져
다주는 커다란 기쁨이다. 그런 토론에 의해서 점차 내가 변하고 그
도 변하고 우리가 변하고 사회가 결국 발전이란 과정을 밟게 되는
것이 아닌가? 처음 프랑스라는 나라를 좋아하게 된 것은 1970년대
군부 독재 정권 아래에서 이곳을 자유로운 나라로 보았기 때문이
다. 이 나라의 풍부한 말의 자유를 부러워했기 때문이다. 말의 자
유는 상상력의 자유에서 나온다. 말은 모든 행동과 표현의 근원이
되고, 사람들은 그런 가능성을 상상력이란 것에 의존한다. 상상력
은 어떤 정해진 형태가 있는 것이 아니다. 또한 상상력은 지식보다
더 훌륭한 덕목으로 친다.

한국에서 나의 몸과 마음이 늘 피로한 것은 제대로 말하지 못하는 현재와, 꿈꾸지 못했던 과거, 그 억압된 과거가 주는 힘겨운 무게감 때문일 것이다. 자유와 상상력은 이 나라에 도착했다고 자동적으로 얻어지는 것은 아닐 터이다. 문제는 자유로운 말들의 상상력이 내게는 쉽게 이행되지 않는 점이다. 오래전 처음으로 이곳에 도착했을 때부터 나는 이런 문제에 아주 힘겨워했다. 지금까지도 어느 정도 그렇다. 도대체 그 뿌리는 어디에서 찾을 수 있는가?

어떻게 해야만 좀 더 자신으로부터 자유로울 수 있고, 자유롭게 말할 수 있는가? 타인 앞에서 의견을 말할 때면 나는 내 의식이 완전하게 갇혀 있는 것을 깨닫는다. 나 자신을 있는 그대로 인정할 수가 없다. 한국으로 돌아가 살기 시작한 후에는 유형무형의 무수한 사회적 압력에 시달려야 했고, 자유롭게 말하고 글 쓰는 일은 어려웠다. 사람들과의 관계에 조심하고 그렇게 살아왔다. 창조적 대화가 얼마나 궁핍하였던가? 용감한 사람들과 자유로운 생각을 지닌 사람들과의 교제는 어찌 그리 힘들고 어려운가? 귀국한 주, 하고픈 모든 일들을 깡그리 잊고 지낸 적이 많았다. 이곳에서 그런 나를 바로 보고 싶다. 있는 그대로 나를 인정하고 싶다. 내가 지녔다가 잃어버린 말들의 자유를 되찾고 싶다.

이곳에 다시 와 예전에 살던 기숙사를 방문했을 때도 기숙사 앞의 뤼시앙 에르 광장의 냄새를 떠올렸다. 그곳에는 살바도르 달리의 그림을 연상케 하는 분수대—구겨진 수건이 물을 받고 있다—가 있다. 바라다 본 기숙사의 캐노피보다는 기숙사를 둘러싼 그곳의 냄새가 먼저 몸에 감지되었다. 1983년 처음 이곳에 올 때도 이런 과정을 거쳤다. 그때 냄새의 기억으로 눈을 감을 지경이었다. 온몸에 얄브스름하게 와 닿는 냄새는 이내 깊숙이 퍼져 들어갔다. 기숙사 아래에 있는 상시에 도방통이라는 지하철역도 예전과 똑같은 냄새를 내게 선사했다. 버스노선을 몰라 이용하기 편한 지하철을 타고 다닐 적부터 나는 항상 기숙사로 되돌아오기 위해 6번 선을 타고 이 역에 내려 에스컬레이터를 타고 땅으로 올라왔다. 그때마다 한결같은 냄새가 같이 따라 올라왔다.

비행장에 내려서 혼자 장 칼뱅 길을 찾아올 때까지도 나는 눈에 들어오는 도시의 새로운 모습보다는 이 낯설고 새로운 냄새에 제일 먼저 자극되었다. 이런 냄새구나, 냄새는 향기라는 단어보다 훨씬 더 문학적이고 구체적이다. 그리고 자연스럽다. 향기는 미래로 이끄는 끈과 같은 것이라면 냄새는 그 반대로 과거의 흔적으로 우리의 상상력을 옮겨다 놓는 바람과 같다. 향기가 만들어진 인공적인 것이라면 냄새는 그냥 몸에 배어 있다가 자연스럽게 우러나는 것이다. 어떤 도시는 냄새가 있고 어떤 도시는 향기가 있다. 런던이나 파리 그리고 로마, 아테네 모두 냄새를 진하게 선사하는 곳이다. 만약 눈에 가리개를 대고 어떤 한 도시에 가닿았다면 그 도시를 이름으로 기억하기보다는 냄새로 알 수 있을 것 같다. 냄새의 기억으로 과거에 왔었다는 사실을 말할 수 있다. 아시아의 여러 나라 공항에 내렸을 때 맡는 것은 거의 향기다. 일본의 나리타 공항이 그렇고 타이완의 공항도 그랬고 타이의 방콕 공항도 마찬가지였다. 그래서인지 오랫동안 머물지 않기도 했지만, 이들 나라에 대한 추억이 별로 없다. 이상한 일이다.

맨 처음 출국하기 위해서 김포공항에 갔을 때 나는 아무 냄새도 맡을 수가 없었다. 그 시절, 이념적인 인간이 되어버린 탓이다. 김포공항의 작고 좁은 문 앞에 서면, 사람들이 한 손에 여권을 들고 다른 손에 가방을 들고 나가는 모습을 쉽게 볼 수 있었다. 돌이켜보면 그들이 좁은 문을 통해 저 보이지 않은 길을 따라 출입국 관리직원 앞에 서기 전, 마지막으로 몸을 돌려 이쪽을 보는 모습은 참 아련하고 놓칠 수 없는 미욱한 풍경으로 남아 있다. 마치 장 콕토의 영화 〈오르페의 유언〉에서, 뒤돌아보지 말아야 할 것을 참지 못하고 뒤따라오는 아내 에우리디케를 한 번 되돌아보는 오르페우스의 모습 같기도 하다. 등 뒤로 두고 가는 절망을 확인하는 것인가? 아니면 앞으로 놓여 있을 희망을 질투하는 것인가? 그 시절, 김포공항에 가면 몸이 절망과 희망의 분기점에 놓여 있게 되곤 했다. 그때마다 위아래로 찢어지는 아픔을 느낄 수밖에 없었다. 꼭 이별 때문만은 아니었을 것이다.

공부하고

내 안에는 춤을 가로막는,

춤추는 내 몸을 누군가가 보고 있다는 시선에 대한 강박이 있다.

부끄러움과 공포의 시선이 날 힘들게 한다.

그러나 나는, "몸은 거짓말을 하지 않는다.

몸이 움직이기 시작하면 진실이 밀려온다" 라는 말에 전적으로 동의한다.

나도 춤을 추고 싶다. 그래서 이 책을 읽기 시작했다.

새로운 눈으로 몸을 바라보고 싶었다.

콜테스의 칠흑 같은 희곡

나는 요즘 요절한 프랑스 희곡작가 베르나르 마리 콜테스
Bernard-Marie Koltes, 1948~1989의 작품들을 읽으며 지내고 있다. 그가 쓴
『로베르토 쥬코』유효숙 옮김, 연극과인간, 2002 『서쪽 부두』유효숙 옮김, 연극과인간,
2004 『목화밭의 고독 속에서』임수현 옮김, 민음사, 2005 『검둥이와 개들의
싸움』〈월간 한국연극〉 2004년 2월호 게재 등이 번역 혹은 게재되어 있어 독자
들도 찾아 읽기 쉽다. 매력적이라고 할 수밖에 없는 그의 희곡들은
시적인 언어로 '한순간도 고통과 비참에서 해방되지 못한' 인물과
'너무 썩었고, 그런 방법으로는 오래 갈 수 없는' 세상과의 적대적
관계를 유려하고도 사실적으로 말하고 있다. 희곡을 거의 독백에
가까운 말들로, 그것도 운문으로 쓴다는 것은 매우 힘들고 드문 일

이다. 그래도 그의 희곡들은 세상 곳곳에서 읽히고 있고, 오늘날 현대 연극을 대표할 만큼 널리 공연된다. 넋 놓고 살다가 문득 그의 희곡을 읽다 보면, 가령 『서쪽 부두』에 나오는 "나는 늘 허기질 거야, 허기지지 않는다는 건 죽은 거야"라는 구절에 이르면 손에 든 희곡을 내려놓고 자세를 바로하게 된다. 내 앞에 고통스럽지 않은 죽음이 있다고 깨닫는 순간이다. 허기짐은 육체의 결핍이다. 그에게 살아 있음은 이 결핍의 확인인 셈이다. 반대로 허기지지 않는다는 것은 결핍의 부재일 터이다. 그것은 죽음의 상징인 셈이다. 따라서 허기지면서 생을 다하는 죽음이야말로 고통이 아닌 깨달음에 속하는 것이 아니겠는가?

콜테스의 희곡들은 화려한 중심이 아니라 버려진 거리, 오래된 도시의 창고 같은 존재의 텅 빈 곳에서 일어나는 이야기를 담고 있다. 인물들은 칠흑 같은 어두운 벽 앞에 놓여 있다. 그곳은 불안과 고독의 영토다. 『서쪽 부두』의 첫 장면은 인물이 등장하자마자 "그래서? 어디로? 어딜 통해서? 어떻게?"라고 묻는 것으로 시작한다. 이 질문은 순차적인 것이 아니라 도저한 거부다. 그리고 "벽이야, 더 이상 갈 수 없어. 벽도 아니네. 이건 아무것도 아니야. 길일 수도 있고, 집일 수도 있고, 강이나 구역질 나는 커다란 구멍일 뿐인 공터일 수도 있지. 아무것도 보이질 않아. 너무 피곤해, 더 이상

못 참겠어. 어디로 가야 할지도 모르겠어”라고 이어지는 말은 독자들을 놀라게 한다. 배고픈 개처럼 크게 울부짖는 말 속에 인물들이 겪는 고독과 위험이 묻어 있다. 무엇 때문일까? 언어의 아름다움을 넘어서는 과잉된 말들을 인물들이 말한다 하더라도 그 밖에 아무것도 할 수 없다는 것만이 본질이라고 전하는 것 같다.

콜테스의 희곡에 등장하는 인물들은 말하고 싶은, 그 정열의 불길로 타오르고 있다. 비유하자면, 화장실에 가고 싶어 죽겠는 아이가 급하게 말을 하듯, 인물들은 죽도록 말한다. 말을 계속한다는 것은 자신을 결코 부정하지 않는, 그러나 존재하기 위하여 말하는 고통스러운 반복 행위이다. 한 사람의 대사가 예닐곱 장이 되는 경우가 허다하다. 나는 콜테스의 희곡을 읽을수록 소리 내어 읽고 싶어진다. 그의 희곡들은 독자에게 배우처럼 말하고 싶은, 말하는 배우가 되고자 하는 정열을 불러일으킨다. 그것은 독자가 작품 속에서 자신을 하나의 인물로 만들고 싶어하는 욕구와 같다. 오늘도 나는 몇 번 소리 내어 무대 위에 서 있는 배우처럼 읽었다. 폭력, 가난함, 인종차별, 고향으로 되돌아가지 못하는 이들의 고통을 말하는 그의 희곡들을 읽고 나면, 읽으면서 나간 길을 되돌아오게 된다. 돌쩌귀에 끼워져 있던 인물들이, 세상이 본디 모습을 되찾는 것 같다. 그것은 새로운 모습이 아니다.

콜테스 희곡의 배경은 사람이 살 만한 공간이 아니다. 등장인물들은 "날 혼자 내버려두지 말아요"라고 절규하는 고독한 이들이다. 등장인물들의 고독은 그들이 가슴속에 지닌 상처이다. 인물들의 고독은 "주위를 둘러봐, 아무것도 없어. 구석구석 찾아봐, 땅을 파보라구, 머릿속을 뒤져봐, 남은 것은 아무것도 없어. 그 어디에도 꿈 조각 하나 남아 있지 않"은 상태다. 그렇게 이 세계에서 철저하게 분리되어, 자신의 내면에 모든 것을 집중하는 상태다. 콜테스는 『서쪽 부두』에 나오는 한 인물의 대사처럼, "어느 날, 난 더 이상 여기에 없을 거야. 그럼 넌 나를 마지막으로 본 장소를 기억하게 되겠지. 나를 보러 그곳에 가면 난 거기 더 이상 없을 거야. 그런 거지"라고 쓰고, 작품 속에 체류하지 못하고 삶을 끝장냈다. 작가의 이른 죽음은 작품과 독자를 무한히 방황하게 한다. 그런 탓일까? 콜테스의 인물들은 희곡 속에서 자주 운다. 그리고 익명의 독자들도 인물들을 따라 운다.

콜테스의 희곡을 읽고 독자가 흘리는 눈물이란 무엇일까? 나는 "누군가에게 가르칠 자신이 없는" 작가와 작품 앞에 홀로 서 있는 존재로서 독자를 생각한다. 더 이상 제자리에 머물 수 없게 된, "혼자 어려움을 헤쳐나가야 하는" 독자는 콜테스를 읽을수록 제 삶에 대한 확신이 아니라 분산, 균열과 같은 경험을 한다. 그것은 숨 막히는 경험, 벌거벗은 채 배회하는 경험이다. 독자의 울음은 헐벗은 채 추위 속에 내던져져 어지러운 소용돌이에 휘말리는 듯하면서 동시에 충만해지는 경험이라고 할 수 있다. 그때 울음이 터져 나오게 된다. 이것이 콜테스의 희곡이 지닌 매혹이고, 세상을 떠나버린, 부재하는 작가와의 접촉이다. 읽을수록 그의 작품에 매혹된다. 무한한 깊이를 지닌 그의 희곡을 읽을수록 허기져 살아 있다는 것을 느낀다. 등장인물들과 함께 사는 것에 익숙해지는 것, 그것이 그가 말한, 작가와 독자 그리고 작품과 독자가 가려움증으로 맺어진 관계일 것이다.

움직이는 의자

연극을 공부하는 내가 디자인에 관한 책을 읽는 일은 참 드물다. 연극과 디자인은 서로 마주 보지 않는 존재들 같기 때문이다. 그러나 디자인이 연극을 보지 않더라도 연극을 포함해서 모든 것들은 대개 디자인 세계 속에서 살고 있다고 할 수 있다. 삶이 연극과 하등 다를 바가 없다는 것을 잘 모를 때가 많지만, 우리가 디자인의 세계 가까이 살고 있다는 것은 분명해 보인다. 그런 뜻에서 나는 이 책을 추천한다.

『의자』갤런 크렌츠 지음, 김문호 옮김, 지호, 1999라는 책이 있다. '문화와 몸 그리고 디자인에 대한 사유' 라는 부제가 붙은 이 책은 의자의 디자인과 제작에 관한 내용이 아니라, 의자의 역사와 문화를 다양하게 생각하는 흥미롭고 귀한 책이다. '다윈의 진화론에서 적응이라는 관점에서 보자면, 직립원인Homo erectus은 특히 허리 부분에 병리적인 질병을 앓고 있다'는 사실을 전제로 의자를 다룬 이 책은, 육체적 활동에 관련된 모든 이들에게 디자인과 몸의 관계를 다시 생각하게 한다. 무엇보다도 이 책은 눈에 보이고 쓰임새가 많은 오브제들에 대하여 새로운 사유를 끌어내고 있다. 일상생활과 더불어 디자인 공부는 소품이나 오브제라고 하는 사물과 밀접한 관계를 지니고 있을 것이다. 그러나 우리는 그 영향력을 너무나 모르고 있다. 저자 갤런 크렌츠는 건축사회학을 전공한, 건축과 철학을 넘나드는 학자이다.

디자인과 의자는 어떤 관계가 있을까? 우리는 앉는 데 익숙한 편이다. 집에서 책을 읽을 때처럼 일상생활에서 앉아 있는 경우는 참 많다. 우리에게 의자는 근대화의 상징이기도 하다. 땅바닥에 앉는 것보다 의자에 앉는 것이 훨씬 세련된 것으로 여겨지기 때문이다. 디자인과 연극 나아가 일상생활에서 의자에 대한 평가도 마찬가지일 것이다. 의자는 권력의 비유이기도 하다. 의자에 앉는 이의 신분은 앉지 않은 이의 것보다 높다. 의장이라고 번역하는 Chairman은 의자를 소유하고, 의자에 앉는 이를 뜻한다. 의자에 앉는 이는 소수 특권을 지닌 이라고 할 수 있다. 법정에서 판사들이 의자에 앉기 전에 방청석에 있던 이들이 일어서는 것도 이를 증명한다. 높은 권력을 지닌 이를 권좌權座에 앉았다고 말하는 것도 같은 맥락이다.

무대에 의자가 놓여 있다고 가정해보자. 사무엘 베케트의 「승부의 종말」『사무엘 베케트 희곡전집 2(이원기 옮김, 예니, 1993) 수록에서 주인공 함이 바퀴 달린 의자에 앉은 채 갇혀 있는 장면을 떠올리면 좋을 것이다. 앞을 보지 못하고 걷지 못하는 함은 의자 위에 고정되어 있다. 의자가 그의 몸을 떠받치고 있다. 의자 없는 함은 상상할 수 없다. 따라서 함은 의자이며 의자는 함인 셈이다. 한 장소에 갇혀 있는 함과 의자는 움직일 수 있는 크로브를 지배하는 상징이다. 여기서 함이란 인물은 권력을 지닌 소수처럼 상대방과 접촉이 없고, 고립되어 있다. 의자를 버릴 때 배우는 무대와 접촉하고 우리는 일상생활에서 삶과 접촉하게 된다. 이 책은 고정된 삶의 터라는 공간에 익숙해진 우리에게 공간에 대해 새로운 개혁이 필요하다는 점을 일깨워주기도 한다.

______ 의자에 대한 반문

이 책의 저자는 의자가 '문명화된 생활에서 위생적으로 가장 잔인한 제도'라고 말하면서 '공공장소에서도 드러누울 수 있어야 한다'고 주장한다. 위험하기 이를 데 없는 생각이지만 의자에 앉아

'편하다고 느끼는 건 몸이 아니라 생각일 뿐'이라고 말하는 내용은 이 책을 끝까지 읽게 하는 힘이 된다. 흔하디흔한 의자가 일상의 움직임을 협소하게 만들고, 삶의 공간을 닫힌 공간으로 만든다는 것을 이 책을 읽기 전까지는 까마득히 모르고 지냈기 때문이다.

일상과 연극에서처럼, 디자인에서도 신분의 경계를 뚜렷이 나누기 위하여 옷과 의자의 크기를 구분한다. 저자는 의자가 결코 현대화의 상징이 아니라고, 의자에 앉는 것은 몸을 학대하고 불편하게 만드는 일이라고 말한다. 이 책을 읽고 나면 사물의 개념 즉 그 자체의 유용성과 편안함을 근본적으로 다시 생각하게 된다. 의자와 같은 오브제를 다루는 디자이너에게 '중요한 것은 사용자들이 어떤 사람이냐 하는 게 아니라 그들은 이런 일을 하는 사람이다'라는 것을 드러내는 일이다.

이 책을 읽는다면, 특히 의자에 길들여진 이들은 삶에서 "다양한 자세를 취할 수 있도록 배려하고, 몸을 움직일 수 있게 해주는" 의자에 대하여 반문하게 될 것이다. 사실 의자에 앉게 되는 그 순간부터 "몸의 내부기관들은 문자 그대로 소파감자처럼 되고, 서로 구분할 수 없는 덩어리처럼 무너져 뭉쳐"지는 것이 아닌가. 자세하게 말하면, "몸이 구부러지는 자세는 몇 가지로 불편함을 느끼게 한다. 우선 폐와 소화기관이 과로하게 된다. 그리고 갈비뼈들이

횡격막을 배 쪽으로 내리누르게 된다. 또 허리에 긴장이 생긴다." 그런 자세가 계속되면 "몸통을 이루고 있는 많은 근육층들이 약해진"다. 그리고 "근육들이 약하기 때문에 등을 기대며, 등을 기대기 때문에 근육들은 더 약해지고, 그래서 우리는 더 많은 기댈 것을 필요로 한다."

의자에 앉는다는 것은 의자에 의지한다는 것을 뜻한다. 몸이 몸 바깥의 사물에 의지하면 할수록 몸은 더욱 수동적이 되고, 그것은 몸 전체를 규제하게 된다. '움직임과 선택의 자유'야말로 디자이너가 고려해야 할 최고의 미덕이 아닌가.

움직임이 굳는 것을 경계한다면, 우리는 의자를 버리고 기는 것과 쪼그리고 앉는 것을 배워야 한다는 것을 잊어서는 안 될 것이다. 다양한 방식으로 몸을 움질일 수 있는 잠재력은 어린아이들의 퇴행적 움직임에서 나오기 때문이다. 『의자』를 읽으면 움직임의 자유로운 변화는 무엇보다 자세가 바뀌는 것에서 시작되는 것을 알게 된다. 이제 디자이너들은 오브제와 몸 그리고 환경과의 관계를 연구해야 할 것이다. 이 점이 디자인하는 이들에게 이 책을 권하는 이유가 될 것이다.

이 책의 뒷부분은 편한 의자, 혁명적인 의자에 대한 서술로 이어지고 있다. 이 부분은 몸을 생각하는 디자인에 관한 실질적인 내용으로, 앞에서 언급한 디자인의 이론들과 거리가 있어 보인다. 그러나 디자인의 물리적인 환경을 변화시키기 위해서는 꼭 읽어야 할 대목이다. 새로운 생활 방식들을 새로운 형태로 변화시키기 위한 노력이 구체적으로 드러나기 때문이다. 특히 디자이너의 입장이 "물질적인 실체로 일상의 삶을 변화시킬 방식들을 추구하는 것"이라는 점은 새겨볼 만하다.

끝으로 "사람은 의자에 앉도록 창조되지 않았다. (…) 인간은 걷고, 서고, 달리고, 뛰고, 움직이도록 창조되었다. 쉬고 싶을 때면 바닥에 누우면 되는 것"은, "내일이면 사라질 오늘의 의자"가 되지 않기 위해서 연극과 디자인을 공부하는 이들이 기억해야 할 명구일 것이다.

『뉴욕의 춤꾼 가브리엘 로스의 춤 테라피』가브리엘 로스, 박신영 옮김, 리좀, 2005이 책은 춤에 관한, 좀 더 자세하게 말하면 춤으로 무엇을 치료하는 책이다. 그 무엇은 몸이라고 해도 좋고, 마음이라고 해도 좋다. 나는 쉬지 않고 춤을 추는 이들이 참 부럽다. "내가 할 수 있는 것은 춤을 추는 것뿐"이라고 말하는 이들을 존경한다. 나도 몸 움직이는 것을 좋아하지만, 춤은 나와 떨어져 있었다. 몸의 에너지, 열정, 본능, 기분, 충동 들을 의심하지 않을 만큼 춤 공부를 해도 춤추는 일은 내게 일어나지 않았다. 수직적 춤vertical dance인 등반을 오랫동안 했지만 내 몸은 수평적 춤 앞에서 아직 떨고 있다. 등반이 몸과 바위가 붙어 있게 하는 것이라면, 춤은 몸과 거리를 두지 않는 더 적극적인 행위이다. 내 안에는 춤을 가로막는, 춤추는 내 몸을 누군가가 보고 있다는 시선에 대한 강박이 있다. 부끄러움과 공포의 시선이 날 힘들게 한다. 그러나 나는 "몸은 거짓말을 하지 않는다, 몸이 움직이기 시작하면 진실이 밀려온다"라는 말에 전적으로 동의한다. 나도 춤을 추고 싶다. 그래서 이 책을 읽기 시작했다. "새로운 눈으로 몸을 바라보"고 싶었다. 자유로운 춤을 추기 위해서는 저자는 "어둠의 중심으로부터 들어가야 한다는 것을 안다. 빛은 어둠에서부터 창조된 것은 아닐까?"라고 되묻고 있다.

저자는 이 책에서 춤을 추고 싶지만 추지 못하는 이들이 말하는 변명들을 열거하고 있다. 그것은 아래와 같다.

· 나는 내 몸을 혐오해.

· 나는 춤을 안 춰.

· 너무 늦었어. 나는 늙었거든.

· 나는 시간이 없어.

· 나는 리듬감이 없어.

· 나는 너무 우울해서 움직일 수 없어.

· 나는 에너지가 충분하지 않아.

· 나는 처리해야 할 더 중요한 문제들이 많아.

· 나는 춤출 공간이 없어.

· 나는 부끄러움을 타고 자의식이 강해서 절대로 사람들 앞에서 춤을 추지 않아.

저자는 이런 것들이 핑계일 뿐이라고 잘라 말한다. 그리고 춤을 추기 위한 개념을 제시한다.

· 목적지, 방향—리듬을 몸에 움직여보는 것.

· 공간—걸으면서 빈 공간 찾기.

· 바라보기, 인식하기, 행동하기—몸에 의해 인식이 제한되는 것이 아니라, 인식에 의해 몸이 결정되는 것.

· 호흡—호흡을 느끼면서 춤추기.

· 음악—볼륨을 높이고 온몸으로 박자와 리듬을 들어보기.

저자가 제시하는 춤은 흐름의 춤으로 시작해서 스타카토, 혼돈, 영혼의 노래로 이어지고 침묵의 춤으로 완성된다. 이 책의 중심은 창조적인 다섯 가지 춤을 통해서 몸과 마음의 자유에 이르는 서술에 있다.

이 책의 맨 앞에는 "파도는 물의 운동이다. 물을 떠나서는 파도를 말하거나, 파도를 떠나서 물을 이야기하는 것은 환영일 뿐이다. 물과 파도는 하나다. 커다란 마음과 작은 마음도 하나다"라는, 일본 선불교의 대가 스즈키 순류鈴木俊降가 쓴 글이 붙어 있다. 물을 우리의 몸이라고 하면, 파도는 몸짓이 된다. 몸과 몸짓은 하나이고, 몸과 몸짓에는 크고 작은 것이 구별되지 않는다는 뜻일 터이다. 몸과 몸짓이 구별되지 않을 때 '자기 자신'을 만나게 된다.『뉴욕의 춤꾼 가브리엘 로스의 춤 테라피』는 옮긴이가 쓴 글귀처럼, "자기만의 춤을 통하여 몸을 깨우고, 영혼을 맑게 하고, 삶을 행복하게 가꾸는 깨달음"이다. 등반의 기쁨이 정상에 오르는 것이라면, 저자에게 춤의 기쁨은 "춤 속에 온전히 나를 맡길 때까지, 호흡의 리듬 외에는 아무것도 남아 있지 않을 때까지 춤을 추"는 것이다. 그리고 "호흡의 리듬 속에서 영혼과 몸이 완전히 하나가 되는 것을 느끼"는 것이다. 하여 "인간은 에너지, 파동, 패턴, 리듬일 뿐이다. 그 이상도 그 이하도 아니다. 그것은 바로 춤이다"라는 결론에 이르게 된다. 이 책은 '춤을 통한 영혼의 깨어남'을 말하고 있다. 이 책을 읽으면서 밑줄 친 것들은 아래와 같다.

· 태초에 사람들은 모두 춤을 추었다.
· 나의 길은 춤의 길이다.

· 나의 성서는 내 몸이다.

· 나의 스승은 리듬이다.

· 당신은 빛으로 나아가기 위해 어둠을 뚫고 춤을 춰야 한다.

· 모든 상처의 근원으로 가야 한다.

봄과 음악

아직은 전혀 알지 못하는 한 여인의 팔에 우연히 팔꿈치가 스칠 때, 영혼은 왜 떨리는 것일까?

파스칼 키냐르의 소설 『은밀한 생』_{송의경 옮김, 문학과지성사, 2001} 앞부분에 있는 서술이다. 나는 이 문장을 참 좋아해서 머릿속에 담고 있다. 입으로 읊을 때마다 정말 몸이 떨리는 경험을 한다. 또 내가 떨고 있을 때는 계절이 바뀔 때와 음악을 들을 때이다.

봄은 음악처럼 온몸을 스치는 떨림이다. 그것은 축복의 행위이다. 스치고 떨리는 사이에 봄은 온다. 떨림이 순수한 비가시적 진동이라고 한다면, 스침은 비켜설 수 없는 숙명적인 일이다. 봄의

축복 속에 고통이 없는 것은 아니지만 떨림이 더 크다. 봄은 용수철처럼 높게 뛰는 스프링이다. 봄은 계절을 갈아엎는 혁명이다. 그것은 늘 조금 일찍prin 찾아온 때, 설익은 시간temps이다. 그래서 봄은 프렝땅printemps이다. 한 여인의 팔에 우연히 내 팔꿈치가 스칠 때, 여기서 '스치다'라는 동사는 프랑스어로 에프뤠레effleurer이다. 이 동사는 '꽃'이라는 프뤠르fleur에서 온 말이다. 즉 스친다는 꽃을 따는 것처럼 가벼운, 제비가 연못을 살짝 스치는 것과 같은 의미일 것이다. 그런데 그것이 몸과 영혼을 뒤흔들어놓는다.

배우가 극중 인물과 만나는 것도 내 팔꿈치가 꽃과 여인의 팔에 우연히 스치는 것으로 비유할 수 있다. 그리고 떨리는 몸과 영혼이 있다. 봄밤의 꿈과 삶 그리고 예술은 이런 분위기 속에 이루어지는 법이다. 더러 배낭을 메고 떠나는 여행도 그러할 것이다. 희곡 속 대사 한 줄, 무대 위 발걸음 하나, 그 가벼운 스침에 제 영혼이 흔들리는 배우가 될 수 있다면 얼마나 아름답고 훌륭하겠는가! 배우에게 가벼운 스침이란 무대 안팎에서 어느 것 하나 소홀하게 대하지 않는 행위이다. 가난한 여행자가 낯선 곳에서 삶의 종착지를 느낄 때가 그러할 것이다. 사라지는 음악처럼 돌아오고 싶지 않을 때가 있다.

음악을 듣는다. 하루 종일 음악을 들으면서 집에서 지낼 때가 많아졌다. 오늘 아침에는 로시니의 〈세비야의 이발사〉 가운데 〈보라 하늘은 미소 짓고〉를 들었다. 그리고 리하르트 슈트라우스의 〈네 개의 마지막 노래〉 가운데 첫 번째 노래인 〈봄〉으로 이어졌다. 슈트라우스가 헤르만 헤세의 시로 작곡한 이 노래는 "부드럽게 나를 유혹하는" 봄과 그 속에서 "몸은 떨고 있다"는 내용을 담고 있다. 그 절정은 마지막 네 번째 노래인 〈저녁노을〉이다. 이 노래는 시인 아이헨도르프의 시에 곡을 붙인 것으로, 생과 같은 봄은 "오, 넓고 조용한 평화, 저녁노을에" 가닿는다. 삶이 그러할 것이다. 이런 음악은 비가시적으로 들린다.

발음할 수 없는 이름 속에서 솟아오르는 음악, 매번 우리는 그 것을 사랑하는 사람의 이름을 부르듯이, 특별한 억양으로 불러야만 했다. 애인의 이름이 애인에게 말해질 때의 억양과 그 이름이 음식점의 종업원의 의해 우연히 불릴 때는 동일한 억양을 가질 수 없듯이 말이다.

—『은밀한 생』

나는 음악을 들으면서 숨쉰다spiro. 그러므로 삶을 희망한다spero. 그것도 음악이 주는 축복이자 매혹이다.

음악은 삶의 양식이다. 프랑스어로 가까운 친구를 뜻하는 코팽copain은 빵pain을 함께co 먹는 이를 뜻한다. 음식에 관한 책들은 한결같이 문명은 동물의 도살과 함께 시작되었다고 말한다. 그리고 소금과 양념이 도입되어 점점 더 세련된 음식을 조리하게 되면서 음식문화는 큰 발전을 이루었다고 서술하고 있다. 그 과정에서 국(수프), 구운 생선, 설탕, 꿀 등을 비롯한 많은 것이 생겨났다. 인류를 원시 상태에서 벗어나게 하고, 천재적인 요리 기술의 발명을 통해 문명화된 삶을 누리게 한 것이 요리의 기술이었다는 것이다. 재미난 것은, 인간이 태양의 작용에 영감을 얻어 음식의 조리를 배우게 되었다는 점이다. 즉 불의 발견이 음식을 만드는, 조리를 배우는 계기가 되었다는 점이다. 우리가 먹는 음식도 올바르게 익히는 것이 중요하다. 너무 빨리 익혀서도 안 되고, 너무 천천히 익혀서도 안 되는 것이다. 세계를 창조한다는 말을 뜻하는 그리스어 로고스Logos, 라틴어 베르붐Verbum은 모두 '먹는다' 는 뜻을 비롯하여 입 안에서 이뤄지는 행위를 뜻한다.

내 믿음은 이렇다. 노래와 음식은 붙어 있다. 잘 먹어야 그들의 입이 미식가의 입이 되고, 그들의 생각이 철학적, 음악적이 될 수 있다는 것. 하여 말의 기쁨과 노래하는 기쁨 그리고 먹는 기쁨은 일치하고 서로 연관되어 있다. 그것은 공통적으로 입 안에서 이루어지는 행위이다.

　　음식에 대한 탐닉은 세련된 말과 아름다운 노래에 대한 탐닉과 같이 간다. 입은 빛이 없는 동굴과 같다. 모든 내면은 겨울처럼 어둡다. 이 어둔 공간에서 모든 것은 끓고, 살짝 발효하고, 잘게 깨지고, 부서지고, 발효한다. 그것이 봄의, 봄이라는 노래일 터이다. 슈베르트의 〈겨울 나그네〉에서 〈봄 꿈〉을 듣고 나서 〈그대는 나의 안식〉을 들어보라. 봄과 음악은 우리의 몸을 스치는 희망이며 안식이라는 것을 알게 될 것이다. 그것도 아주 부드럽게. 그 다음은 〈나는 세상에서 잊혀지고〉이다. 이 노래는 말러가 시인 뤼케르트의 시에 곡을 붙인, 숭고하고 눈물겨운 이별사辭이다. 올해 몇몇 지인들을 잃고 〈나는 세상에서 잊혀지고〉를 줄창 들었다. 이 노래를 부르다 보면 '우리 곁을 떠난 그들 역시 노래하고 있을 것이다'라는 생각을 하게 된다. '나는 떠들썩한 세상의 동요로부터 죽었고, 고요의 나라 안에서 평화를 누리네. 나의 하늘 안에서 조용히 쉬고 있다오. 내 사랑의 품에서, 내 노래의 품에서……' 라고. 삶의 끝은 침묵이다. 노래가 눈물을 흘린다.

　나는 술집보다 책방을 좋아한다. 전문적인 책을 모아 파는 책방은 우선 분위기부터 다르다. 책이 얼마나 많은지 정리하지 못한 책들이 바닥부터 천장까지 수북하게 쌓여 있어, 보는 이를 배부르게 한다. 책을 한 권씩 뒤져보는 기쁨이란 이루 말할 수 없다. 마치 공기가 희박한 높은 산에 오른 것처럼 숨이 가빠지는 경험을 하게 된다. 책들이 산처럼 높이 쌓여 책방 주인이 높은 산의 주인인 양 우러러보이는 때가 있다. 책이 산이며 산의 높이가 책의 두께로 보이는 책방, 그런 곳에 가면 내 눈은 저 높은 산정을 바라보는 자세를 취한다.

　다른 나라에 비해서 우리나라에는 책방이 적다. 요리, 산과 등반, 바다, 오래된 문학작품 등과 같이 전문적인 분야의 책들만을 다루는 책방이 많은 것도 아니다. 책방이 줄어들고 있다는 소식은 오래전부터 듣고 있다. 몇 년 전 역사가 오랜 종로서적이 부도났고, 출판인들과 함께해온 잡지 〈출판저널〉이 위기라는 소식을 들었다. 엊그제 전화로 주문만 하면 책을 가져다주던 동네 서점도 문을 닫았다.

하릴없이 책방을 찾아다니던 기억을 더듬는다. 책방이 나타나면 나는 무턱대고 문을 열고 들어가본다. 책방은 책이 들어온 시간이 나가는 시간을 지배하는 곳이다. 시간이 느리게 가는 그곳에 주름 많은 책들이 누군가를 기다리고 있다. 고서古書가 지닌 가치에 한몫하는 것은 책이 간직한 시간의 경험이 아닌가. 책을 굳이 구분하자면 새 책과 헌책이다. 헌책은 버려진 책이 아니라 출간된 시간의 배열로부터 좀 멀어진 책일 뿐이다. 모든 책은 출간된 그 순간부터 헌책이 되어가고 있는 셈이다. 책은 시간과 싸우면서 헌책이 되고, 시간을 켜켜이 받아들여 늙어갈 때 책으로서 최고의 위엄을 지닌 고서가 된다.

발화된 소리가 자신과 타자 사이의 사회적 물리적 거리에 따라 바뀌는 것처럼, 책의 존재도 시간의 거리에 크게 의존한다. 흔히들 책방에서 좋은 책을 구했을 때 횡재橫財했다고 기뻐하는데(모로 누워 있다는 뜻인 횡橫이란 글자처럼 책들은 대개 겹겹이 가로로 쌓여 있다. 책이 지쳐 누워 있다는 생각이 들 때가 있다) 이는 동굴에서 또는 돌로 세운 성당에서 울리는 발소리를 듣는 경험과 같을 것이다. 좋은 책은 알 수 없는 향수를 지녔다. 책들이 주인을 기다리고 있는 곳이 책방이다. 새 책이 주인을 만나 헌책이 된다면, 헌책은 새로운 주인을 만나 새 책이 된다. 베케트가 고도를 기다리다가 삶의 끝장을 보았다면 손이 없는 책들은 주인의 손을 기다린다. 주인의 손이 닿기 전까지 책은 겉장으로 자신을 닫고 있다. 종로서적이 약속장소로 유명했던 이유를 알 것 같다.

종이로 된 책은 몇백 년을 견딜 만큼 견고한 존재이지만 어느 순간 자신의 존재를 파기하는 수도 있다. 주인의 손을 떠난 책이 다시 종이가 된다는 것과 책이 놓일 책방이 사라지는 것은 정향감定向感이 없어진 소리와 같다. 그때 책은 최종적으로 형식을 잃어버린다.

책에 운명과 같은 형식이 있는 것처럼, 책방을 가는 일에도 형식이 있다. 책방, 책과 만나기 위해서는 거닐어야 한다. 바람을 쐬기 위하여 이리저리 거닌다는 뜻을 지닌 '산책하다'라는 말은 오늘날 낯설고 실행하기 어려운 동사로 분류되는 것 같다. 그렇지만 책과 잘 어울리는 단어는 산책이다. 산책이란 단어는 무엇보다도 바람을 쐬임이다. 그 바람은 지속적으로가 아니라 순간 불어와 살갗에 닿는다.

책방은 눈을 예민하게 만드는 곳이다. 책방으로 가는 산책은 시간적인 순서나 장소에 대한 계획으로 잘 이루어지지 않는다. 일상을 빠져나온 산책은 우연한 접촉이 주는 즐거움과 기억에 밀물처럼 밀려오는 그리움의 첩경 사이로 난 길을 따라가는 단순한 몸짓이다.

오래전에 종로서적이 사라졌다. 그곳에서 책을 찾았던 행복감, 책을 찾기 위하여 수많은 책장들을 뒤적이고 서성거렸던 몸의 움직임을 잃어버리고 있다. 어쩌다가 찾아내는, 마음에 드는 책과 마음에 새겨두었던 문장들이 추억이 되고 있다. 우리의 발목을 붙들고 있는 현실에서 슬그머니 일어나 책 속의 인물들과 만나고 진정으로 고개를 끄덕였던 책방의 경험이 사라지고 있다. 책방이 망하고 있는 지금, 우리가 갈 곳은 어디인가?

은자들의 삶

무리를 지어 살기를 좋아하는 이들이 있고, 사회에 속하지 않은 채 혼자 있을 때 더 행복해 하는 사람이 있다. 빛에서 멀리 떨어져 있는 사람들이 있다. 무엇보다 사랑에 빠진 이들은 속세를 떠나 그들만 따로 떨어져 살고 싶어한다. 그리스 신화를 보면, 아프로디테(비너스)의 아들 큐피드(에로스)는 프시케를 사랑한다. 프시케는 밤에만 나타나는 큐피드를 보기 위해 불을 마련하지만 큐피드는 오히려 화상을 입고 만다. 그 순간 사랑이 사라진다. 화상을 입은 팔이 날개로 변해 새가 된 큐피드는 프시케의 탄식이 시작된 밤, 창문 맞은편 실편백나무 가지 위에 말없이 내려앉는다. 하나는 나뭇가지, 다른 하나는 창턱에 팔꿈치를 괸다. 상실을 채우는 욕망하

기가 사랑의 출발인 셈이다.

고대 로마에서 예술가의 삶과 멧돼지의 삶은 등가였다. 산에 사는 돼지인 멧돼지(라틴어로 singularis)는 행복한 결말을 싫어하고, 숲 속에 있기를 좋아한다. 멧돼지는 세상의 깊고 깊은 곳에 홀로 있기를 좋아하며 숨기를 좋아하는 동물이다. 그러나 멧돼지를 뜻하는 프랑스어 'singulier'의 우리말 번역은 '단독의, 단일한, 독특한, 기이한, 이상한, 기괴한'이다. 은자에 대한 평가는 긍정적인 면과 부정적인 면의 양가적 측면을 모두 담고 있다.

『삶을 가르치는 은자들』^{피터 프랜스, 정진욱 옮김, 생각의나무, 2002}은 은자처럼 숨어 사는 저자가 세상의 은자들에 관하여 쓴 책이다. 숨어 사는 저자는 갇혀 있는 것이 아니라 세상의 고독 속에 노출되어 있는 셈이다. 작가는 그런 이들과 동거한다. 책을 펼쳐 서문을 읽는다. 첫 구절, "내가 인생의 대부분을 보내고 있는 (그리스) 파토모스 섬은 천년이 넘는 세월 동안 은자들을 위한 장소였다. 자그마한 하얀 집들은 깊숙한 계곡에 숨어 있거나 산봉우리들 위에 자리 잡고 있었다." 고독한 작가는 자신보다 더 고독한 삶을 보낸 사람들을 생각하면서 살고 있다. 작가와 이 책에 등장하는 은자들이 찾는 것은 잃어버린 고독한 삶이다. 자기기만과 위선을 벗기 위하여 그들은 자꾸만 더 멀리 불모의 처소로 삶을 옮긴다. 인간관계를 요구하는 모든 압력과 사회에서 벗어난 그곳에서 고독한 삶의 가치를 찾는다. 그것은 독거, 은거를 통한 금욕적인 삶이기도 하고, 영성의 회복이기도 하고, 삶의 통찰력이기도 하다.

이 책은 고대 중국의 은자부터 시작해서 그리스 시대 견유학파들의 고독한 삶과 철학, 러시아의 거대한 삼림 속에서 은거하면서 고골리, 도스토예프스키, 톨스토이 등에게 많은 영향을 끼쳤던 황야의 교부들의 삶, 콩코드에서 통나무집을 마련해 산 헨리 데이비드 소로의 자연적 삶, 선교사이자 '사하라의 은자'로 불리던 샤를 드 푸코의 삶 등을 세밀하게 묘사하고 있다. 이들은 한결같이 집의 고요, 자연의 아름다움 속에 자신을 가두었다. 그들의 처소인 자연 속 빈 집에서 이루어지는 고요한 은거는 그들에게 삶의 통찰을 가져다주었다.

은둔의 삶은 무위의 삶을 실천한다. 은거, 독거의 삶은 자연의 삶을 따르는 것인데, 흐르는 물과 같이 겸손한 삶을 지향한다. 은둔주의자들에게 자연은 모든 겸손과 치유의 상징이다. 문명보다는 자연에 가까운 삶의 방식을 선택함으로써 이들은 은둔의 철학을 발견한다. 이들을 단순히 방관자, 아웃사이더, 이방인이라고 말할 수 없는 이유는 여기에 있다. 이들이 뒤틀린 가치관을 가졌다고 비난할 수 없는 이유는 여기에 있다. 삶 속에서 평화의 마음이라고

부를 만한 무언가를 발견해 이웃들에게 보여주며 그것을 스스로 발견할 수 있도록 하는 것, 그것이야말로 은자들의 삶의 태도이다. "누구나 사막을 거쳐야 한다"고 말하고, "그곳에서 인간은 자신을 철저히 비울 수 있다"고 말하는 샤를 드 푸코의 말을 내 가슴에 새긴다.

또 하나의 세상, 건축

우리는 삶의 대부분을 건물 안에서 보낸다. 삶의 역사가 있는 곳에는 집의 역사가 있고, 건축의 역사가 있다. 집과 건물은 여러 종류가 있고, 사는 사람의 뜻에 따라 달라진다. 도시의 외양도 마찬가지일 것이다. 그러나 집이나 큰 건물이 만들어지고 세워지는 구체적인 과정을 모른다.

연극이나 춤과 같은 공연예술에서, 밖으로는 극장이 건축에 해당하고, 안으로는 무대장치라는 것이 또 다른 건축에 속한다. 밖과 안의 건축을 아우르면 공연예술은 이 세상에 세우는 또 다른 세상인 셈이다. 이 세상이 하나의 건축이고, 그 안에 공연예술이 또 다른 건축이라면, 앞의 건축과 뒤의 건축은 서로 주고받고 거울처럼 서로 영향을 미친다. 앞의 것을 큰 건축이라고 한다면 뒤의 것은 작은 건축이라고 할 수 있다. 앞의 것이 물리적인 건축이라면 뒤의 것은 상징적인 건축이 된다. 앞의 건축은 뒤의 건축에 의해서 부풀려지고, 뒤의 건축은 앞의 건축을 축소한다. 부풀려지는 것에 인간의 욕망이 있고, 축소되는 곳에 해석이 따른다. 건축사란 땅 위와 아래에 세우는 욕망의 역사이고 동시에 해석의 역사일 터이다.

많은 이들이 집에 대해서 말하지만, 분명하게 집의 모양과 재료가 이렇게 저렇게 다르다고 말할 수 있는 이는 많지 않다. 그러니까 재료가 기술을 낳는다는 것을 잘 말하지 않는다. 그 대신 사람보다 집이 커지는 것, 그러니까 집의 크기와 사람의 크기가 어울리지 않고 오히려 한쪽이 한쪽을 억압하고 있는 모습에 대해서 묻는다. 그런데 억압을 당하는 사람이 정작 집을 그렇게 지은 것인데 이것은 무엇 때문인가? 자신들이 세운 집 안으로 들어가고 살고 나오고 하는 이상할 것이 없는 모습을 나는 늘 재미있게 본다. 아파트 단지에서는 이사를 가고 오는 이들을 자주 볼 수 있는데, 사람 몸뚱어리보다 훨씬 많고 큰 살림살이들이 따라오는 것을 보면서, 저것에 눌려 사는 것은 아닌지 하는 뚱딴지같은 생각을 가끔 한다.

또 하나 덧붙인다면 건축은 글자 그대로 낮은 곳에서 높은 곳으로 세워 짓는 일이다. 올리기 위해서는 기둥이 필요하고, 만든 공간을 메우기 위해서는 흙과 같은 재질들을 뭉쳐야 할 것이고, 그 표면을 보호하거나 장식하기 위해서는 섬세한 손질을 보태야 할 것이다. 공간은 기둥의 개수와 기둥과 기둥 사이의 거리에 따라 달라질 것이다. 만든 공간은 1차적으로 삶의 편리를 충족해주어야 할 것이고, 견고해야 하고, 좋다거나 아름답다고 할 또 다른 가치들을 충족해주어야 할 것이다. 아무튼 집을 짓는 일은 참 어려운 일이 아닐 수 없다. 건축은 평면에서 입체적인 공간을 세우고 그 공간이 유지되도록 기능과 재료와 아울러 집의 안팎, 집 안에 사는 사람들의 삶과 관계 등을 두루 고려해야 하기 때문이다. 집을 설계하고 짓는 이들은 예외 없이 이를 연구하고 실천할 것이다. 그런데 정작 집에 들어가 사는 이들의 생각은 어떠한가?

_______ 삶의 역사, 건축의 역사

우리는 오래된 건축물들을 경이로운 시선으로 바라볼 때가 있다. '어떻게 이렇게 지을 수가 있을까? 얼마나 숙련된 장인들이었기에 돌과 나무를 단순한 도구만을 가지고 변형할 수 있을까?' 하는 질문을 할 때가 많다. 물론 고대 건축의 불가사의한 점과 함께 일반 시민들이 비참하게 노역자들로 전락했던 과거를 떠올리기도 한다. 『서양 건축 이야기』^{빌 리제베로, 오덕성 옮김, 한길아트, 2000}는 서양 건축의 역사를 말하는 책이면서 동시에 서양 건축과 삶을 사유하는 좋은 책이다. 이 책의 미덕은 건축을 역사적으로 말하되 역사와 문화 그리고 철학의 사유를 담고 있다는 점이다. 예를 들면 이 책은 고대 그리스 건축을 말하면서 극장과 연극에 대해서도 많은 부분을 할애하고 있을 뿐만 아니라 그 해석이 탁월하다. 총 10장으로 된 책은 선사시대부터 시작해서 초기 기독교, 중세의 봉건제도, 고딕양식, 자본주의 성장, 시민 혁명의 시대, 철의 시대, 전통과 진보의 시대, 근현대에 이르기까지 두루 서술하고 있다. 시대별로 나눈 것은 서술을 위한 역사적 나눔일 뿐이고, 실제로 중요한 점은 어느 시대나 건축과 삶 그리고 문화를 하나로 엮어 보는 저자의 태도이다.

저자는 선사시대에서 오늘날에 이르기까지 건축을 한 가지 상징으로 읽어낸다. 저자가 표방하는 건축의 역사는 건축의 테두리를 말하는 것이 아니라 양식을 포함해서 역사, 문화, 사회상과 연결된 종합적인 시각의 산물이다. 그러므로 이 책을 통해서 독자들은 서양의 연극과 춤 그리고 문학과 음악 등을 건축과 연결해서 이해할 수 있다. 그 반대로 건축을 통해서 당대의 예술과 사회 전반에 대해서도 새로운 해석을 할 수 있다. 예컨대 저자는 "독재체

재는 외부로부터의 강력한 도전과 내부의 부패라는 취약점을 지닌
다"라고 말하면서 고대 메소포타미아 정권의 몰락과 건축의 부패
를 말하기도 한다. 그 대표적인 건축이 로마 건축으로서, "오로지
신에게만 제공되었던 건축환경이 한 독재자에게 제공되었다"라고
말하고 있다. 반면에 크레타 문명과 고대 그리스 건축은 항해술이
발달해서 다른 지역보다 더욱 활기 있게 적응하면서 발전할 수 있
었다고 해석한다.

　이 책을 소개한 글에는 함축적으로 "건축은 당대의 예술적
역량, 사상, 사회적 성숙도의 집합"이라고 했다. 맞는 말이다. 다
읽고 옮겨 적은 명구 하나. "불평등한 사회구조는 지적 성장에 제
약을 가져왔다." 그리스 건축이 창조적이지 못하다는 지적인데, 저
자는 그리스 건축이 새로운 구조 이론보다는 건물을 세련되게 짓
는 데 만족했다고 말한다. 즉 고대 그리스가 민주주의에 실패하고
시민들을 올바르지 못한 물질주의로 이끌면서 건축도 진실과 아름
다움의 상징이 아닌 권력과 부의 상징이 되고 말았다는 것이다. 인
간이 지닐 수 있는 이성이 교활함으로 바뀔 때 용기가 폭력을 유도
하고, 욕망은 극단으로 치달았을 때 건축도 피폐해지기 마련이다.
이러한 해석들은 오늘날 무분별한 우리나라의 건축물들이 얼마나
나쁜 영향을 미칠 것인가를 깨닫게 한다.

　　현대 건축으로 오면, 건축은 신공업주의 기술에 의해서 부유한 계층의 건축과 노동자 계층의 건축으로 구분된다. 부유한 계층의 건축은 상업 건물이 주류를 이루고 있고, 노동자 계층의 건축은 대규모 주택개발로 이어졌다. 국가는 도시의 고유한 이미지를 위해서 건축가의 선구적 안목을 반영하는 공공건물을 많이 짓게 된다. 그 대표적인 것이 다양한 계층을 고루 배려하는 공동체 건축, 고궁의 복원, 박물관, 도서관, 문화원의 신설 등이다.

　　저자는 끝으로 현대 사회에서 건축가의 새로운 역할을 강조한다. 우선 건축이 은신처로서뿐만 아니라 자기만족의 수단으로서 인간의 욕구를 충족하기 위해 한계를 극복해야 한다고 말한다. 그리고 건축이 개인적인 것으로 다루어지는 것을 경계해야 한다고도 한다. 즉 건축 역사가 모든 사회, 예술과 관계를 배제한 채, 문화적이고 미학적인 분석에만 의존하는 위대한 건축가의 작품으로 이어지는 데 반대한다. 저자는 건축 예술의 출발은 첫 번째로 '에너지와 자원을 보호하는 건물과 환경 사이의 관계', 두 번째로는 '인본주의 관점에서 사람들의 삶의 질을 향상시킬 수 있는 건물과 사람과의 관계'라고 강조하고 있다. 여기서 건축이란 단어를 예술 혹은 문화라는 단어로 바꾸어도 무방하리라. 책의 맨 끝에 이르러 저자는 이렇게 쓰고 있다. "사회발전이 자동적으로 사회의 진보를 이룩

하지 못한다는 점, 우리는 이를 위해서 싸워야만 한다." 모든 예술 활동, 문화 활동의 궁극적인 의미를 되묻는 말이기도 하다. 그래서 이 책은 건축하는 이들뿐만 아니라 모든 문화예술인들이 읽어둘 만한 책이다.

사진과 시간

사진은 참 묘한 예술로, 글자 그대로 하면 빛^{photo}으로 글쓰기^{graphy}이다. 그 빛은 비추어서 반사하는 것이 아니라 비추어서 저장한다. 사진의 문제는 빛에 있기보다는 빛을 저장하는 순간과 내용에 달려 있다. 사진이 시간의 주름이라고 말할 수 있는 이유는 여기에 있다. 빛과 시간은 얼마나 오묘한가? 하여 사진에 관한 책은 봄에 읽기 좋고, 보기 좋다. 사진은 찍는 것이되 보는 것이고, 보는 때는 봄이 제격이기 때문이다. 『클라시커 50 사진가』^{빌프리트 바츠, 최은아 옮김, 해냄, 2005}에서 말하듯 "이미지가 세상을 지배하는 21세기, 한 장의 사진이 내포하는 의미에는 한계가 없어 보인다." 이 책에는 '수공업에서 시작해 당당히 예술의 한 장르로 자리 잡은 사진, 그 과정을 함께한 사진가들의 이야기가 사진술의 발달과 함께 파노라마처럼 펼쳐진다.' 역사적으로 보면, 1839년 최초로 공식적인 사진 전시회가 열린 이후, 이 책은 160여 년 동안 세계 거장 50인의 파란만장한 생애가 만들어낸 역동적인 사진의 역사를 오밀조밀 말하고 있다.

내가 어릴 적 동네에는 사진관이 많았다. 오늘날 동네 사진관은 거의 사라져 매우 귀하다. 그것은 사진이 다른 예술장르와 달리 사진기에 힘입어 대중적이고 보편적이게 된 탓이다. 동네 사진관에 걸려 있는 사진들은 대부분 초상 사진인데 엄숙하다. 자신의 초상을 찍어둔다는 것은 자신이 속한 사회계급에 자신을 귀속시키는 상징행위이기 때문일까. 초상 사진은 가족이 모여 찍은 것부터 혼자 찍은 사진에 이르기까지 모두 비슷하게 엄숙하다. 나의 경우 사진관에 갈 때마다 옷을 단정하게 해야 했으며, 내 얼굴이 박힌 사진을 찾을 때마다 늘 반성해야 했다.

철이 들자, 나는 사진을 찍기보다는 사진집을 보는 일을 좋아했다. 우리나라 작가들 가운데 임응식, 강운구, 김근원, 안승일, 김영수, 여동완과 같은 분들의 사진집을 구해서 보았다. 그 작가들의 사진을 보면 시간이 온통 뒤죽박죽된다. 과거와 현재의 구분이 애매모호해지기 때문이다. 외국 사진집으로는 열화당에서 나온 손바닥만 한 사진가 총서가 있었다. 그 후로는 산악사진에 빠져 앤셀 아담스, 갤런 로웰 등과 같은 작가들의 사진집을 수집하기도 했으며, 건축과 미술에 관한 사진으로 자연스럽게 이어졌다. 어떤 사진이든 나는 사진을 들여다볼 때 시간에 대한 이성이 통째로 사라지는 경험을 하게 된다. 흔히들 오래된 사진을 빛바랜 사진이라고 말하는데, 실은 빛이 사진에서 희미해지고 사라질수록 사진은 더 많은 것을 품게 되고 말하게 된다. 마치 골동품이 유용성보다 무용성의 시간을 더 길게 보낼수록, 그러니까 효용보다 시간의 더께가 클수록 새로운 가치를 얻게 되는 것처럼.

오늘날 사진은 대량 생산되고 소비되는 통에 그 개념이 희미해졌다. 사진에 대한, 그러니까 빛에 대한 믿음도 많이 사라졌다. 사진은 빛에 의한 진실의 기록이기도 하지만, 만들어진 영상의 도구로서 급속도로 산업화된 위험한 산물이기도 하다. 복제예술이 현대 예술의 특징이라면 사진은 그 한가운데 있다. 수동 카메라에서 누구나 찍을 수 있는 디지털 카메라로의 변화가 그것을 말해주고 있다. 디지털 카메라는 마약과 같은 욕망을 선사한다. 예술 가운데 가장 보편적인 언어를 지닌 사진은 대중들에게 폭발적인 수요를 불러일으키고 동시에 이미지를 조작하는 위험한 예술임에 틀림없다.

　‘클라시커 50 시리즈’ 가운데 『사진가』는 카메라 렌즈에서 탄생된 순간의 기적, 사진의 역사를 이룩한 세계의 거장 50명을 중심에 놓고 있다. 독일에서 나온 이 책은 (1)150년 세계 사진사를 이룩한 위대한 사진가 50인의 작품세계, (2)사진가들의 생애와 일화, 사진가들 간의 영향 관계를 흥미롭게 설명한 50편의 글, (3)책 속의 사진 전시회, 200여 컷의 인상적인 사진 작품, (4)사진가들과 함께 성장해온 카메라 및 사진술의 획기적인 발달사, (5)각 사진가들의 업적과 예술사적 의의를 한눈에 파악할 수 있는 요약 평가를 담고 있다.

　그러나 이 책의 미덕은 사진이 견고한 기억의 실체라는 점을 역사적, 미학적으로 드러내는 것이다. 더 정확하게 말하면 시간의 기억이다. 사진은 시간과 싸우는 예술이다. 사진이 지닌 가장 큰 무기는 빛, 그 자체뿐이나 저 무겁고 두꺼운 시간을 가로질러 가는 예술, 그리하여 사진은 힘이 센 예술이다.

나는 어디에 있는가?

1

몇 년 전부터 연극 공부의 가치에 대해서 여러 모로 헤아리고 반성하고 있다. 공부를 시작할 때는 몰랐는데, 지금 한국연극의 한복판에서 공부를 계속해야 할지 그만두어야 할지 고민하고 있다. 그 이유는 많은데, 무엇보다도 연극 공부를 하면서 늙어갈 모습이 불안하기 때문이다. 그런 탓일까. 청탁받은 원고를 쓰는 일도 마뜩잖은 때가 많아졌다. 이런 일은 그동안 거의 없었다. 책을 만드는 일이 그다지 즐겁지 않아졌다. 그래서 책 출간이 늦어지는 바가 아니라 글쓰기의 열정이 조금씩 줄어들고 있는 것을 곰곰이 생각하지 않을 수 없다.

　내 또래 사람들은 선택보다 강요로 하는 수 없이 일을 선택하는 경우가 많았다. 그 가운데 대표적인 것이 공부하는 분야와 직업을 결정하는 일이었다. 무엇보다도 선택과 강요 앞에 있던 기준은 아버지라는 존재였다. 어떤 공부를 할 것인가는 곧 대학에 들어가 전공을 택하는 문제였는데, 나 또한 아버지와 의견이 달랐다. 그 갈림길에서 아버지의 바람을 저버리고 연극 공부를 했다. 연극에 대한 글쓰기를 시작한 지도 오래되었다. 지난해 처음으로 아버지의 강요를 다시금 생각하게 되었다. 연극 공부가 할 만한 가치가 있는지를 고민할 때 가장 먼저 떠오른 것도 아버지의 얼굴이었다. 아버지의 바람을 저버린 나로서는 연극 공부를 포기하지 않고 계속하는 것이 아버지와 관계를 유지하는 힘이 될 수 있었다. 아버지를 볼 때마다 '아직까지 하고 있잖아요' '공부할 것들이 많아요'라고 속으로 다짐하곤 했다. 반면에 아버지는 공부에 대해서 말씀하신 적이 없었다. 그것은 관심과 애정이 없어서라기보다는 한 가닥 존중하는 마음이 있었기 때문이다. 선택한 일에 대한 책임을 아버지는 원하셨을 것이다.

　이제 자식을 낳고 기르다 보니, 자식이 이랬으면 좋겠다, 이 분야를 전공했으면 좋겠다 하는 바람을 자연스럽게 품게 되었다. 자식들이 아직 어린 터라 커서 할 일을 구체적으로 의논해본 적은 없지만, 부모의 뜻을 벗어난 분야를 공부하겠다고 해도 역시 막을 도리가 없다는 것을 알고 있다. 그럼에도 불구하고 바람은 솟구치고 있다. 자식이 무엇을 했으면 좋겠다는 기준은 분명하지 않다. 가능하면 자식들이 연극 분야를 택하지 않기를 바라고 있다. 아버지의 얼굴은 이때 다시 나타난다. 연극을 공부하겠다고 했을 때, 아무 말씀도 하지 않으셨던 아버지의 얼굴이 떠오른다. 현해탄이 아니라 대서양을 가로질러 파리로 연극 공부를 하러 갈 때도 아버지는 아무 말씀도 하지 않으셨다. 운이 좋아서 프랑스 정부 장학생이 되어 대학 기숙사에 묵을 수 있었고 매달 장학금을 받게 되었지만, 그것을 내놓고 말할 수 없었다. 연극 공부가 나의 선택으로 굳고 결정된 이후로 아버지와 사뭇 멀어졌다.

2

대학에 들어가 연극 공부를 시작하면서 산의 유혹에 깊이 빠져들어 갔다. 우연한 일은 아니었다. 진리와 정의가 아무 짝에도 쓸모없고, 세상이 온통 거짓과 폭력 그리고 불의로 가득 찼던 때가 있었다. 연극은 아무것도 아니었고, 나는 더더욱 약한 존재였다. 그런 시절 많은 연극도 거짓이었다. 새마을 연극처럼. 삶은 헛된 희망 속으로 푹 빠져 들어가고 있었다. 그런 암울한 현실에서는 모

든 것이 속수무책이었다. 연극에 대한 수많은 경구는 삶의 너절함
을 채워주는 보석과도 같았지만 세상은 썩어도 너무나 많이 썩었
다. 세상은 한 치도 나아지지 않았다. 지금의 세상은 추악하다. 한
마디로 '악'의 세상이다. 세상에 대한 믿음이 하나둘 사그라지면
서 나는 허구의 연극이 아니라 현실 너머 산으로 가곤 했는데, 그
곳에서 매혹적인 아름다움을 발견하게 되었다. 연극이 있던 극장
과 도서관을 빠져나와 향한 또 다른 극장이 산이었던 셈이다. 학부
를 졸업하고 대학원을 다닐 때까지 극장보다 산을 더 많이 다녔다.
휴교와 휴강을 밥 먹듯 하던 시절이라, 산에 갔다 하면 며칠씩 자
고 왔다. 산에 난 길을 따라 오르는 등산은 이것저것 잡고 오르는
등반으로 나아갔고, 나중에는 산에서의 삶을 중심으로 삼는 알파
인 스타일이니, 바위에 길을 내고 하늘로 올라가는 클라이밍이니
하는 훨씬 전문적인 산악의 세계로 이어졌다. 산은 하늘 높은 곳으
로 솟아 있고 연극은 삶의 낮은 곳으로 깊게 내려간다는 것을 조금
깨닫기도 했었다. 극장이라는 어두컴컴한 공간에서, 연극에 관한
책의 공간에서, 연극이라는 또 다른 허구의 삶 속에서, 분절된 인
공언어가 아닌 나무와 풀 그리고 물과 같은 자연언어의 보고인 산
속에서 삶과 연극과 산은 하등 다르지 않은 그 무엇이었다.

　　돌이켜보면, 나를 산으로 이끈 이는 아버지였다. 아버지는 일

찍 당신 삶의 일부분을 산에 가져다놓았다. 어릴 때부터 아버지를 따라 들로 산으로 나간 적이 많았다. 야간통행금지가 있던 시절, 집에서 나와 새벽 첫 기차를 타고 시골 역에 내려 들길을 걷고, 산길로 접어들었던 기억이 또렷하다. 아버지는 야영에 관해서는 고수였다. 텐트 치는 일은 탁월했다. 그것은 깊은 산을 돌아다니는 심마니들의 간이 숙소인 모덤과 같았다. 나뭇가지로 얼기설기 이어놓고 비닐을 덮어 완성하는 훌륭한 처소였다. 그런 일들을 한동안 잊고 살다가 아, 여기에 언제 한번 온 적이 있지 하고 옛일을 기억할 때가 있다. 그만큼 그 기억은 각별했다.

파리에서 대학을 다닐 무렵에는 산을 거의 잊고 살아야 했다. 유학 초기에 공부하기가 어려웠기 때문인데, 그때 지독한 열등감과 우울증에 시달렸다. 연극 공부를 많이 하지 못했고 프랑스어를 잘하지 못한 것이 그 원인이었다. 3년쯤 지나자, 방학이 시작되면 어김없이 배낭을 메고 알프스 산악 지방으로 갔다. 그곳에서 산과 다시 만났고, 하염없이 산길을 오르고 내렸다. 마치 자연이라는 책을 한 줄 한 줄 읽어가듯이 길을 따라, 혹은 길이 없는 나무와 숲 그리고 바위 위로 그냥 갔다. 독일의 흑림 슈바르츠발트 속을 거닐었다. 이탈리아의 돌로미테를 올랐다. 몇 해 전 머물던 아를에서는 뤼베롱 산에 자주 올라갔었다. 알프스 산맥의 여러 봉우리들과 지중해 칼랑크의 해벽에서는 바위에 붙어 수직으로 춤을 추었다. 걷고 오르면서 꿈을 꿀 수 있었던 복된 시절이었다. 자연은 더없이 아름다운 연극이었고, 동시에 충만한 자유가 있는 무서운 곳이기도 했다. 그런 곳에 가면, 자연에 뿌리박은 나무 한 그루이고 싶었다. 그렇게 서서 견고하게 삶을 끝내고 싶었다. 산행은 그 후 유학을 마치고 우리나라에 돌아와서도 계속되었다. 연극으로 채울 수 없는 것들은 산에서 얻을 수 있었다. 연극에 대한 미련은 자연 속으로 들어가서 만끽할 수 있었고, 자연 속에서 배운 감각으로 삶과 연극의 문제들을 이해할 수도 있었다.

3

돌이켜보면, 내 삶은 연극과 산의 보족 관계로 그럭저럭 이어질 수 있었다. 한데 그런 기대가 깨지기 시작했다. 연극이 점점 멀어지고 있다. 앞에서도 말했듯 연극 공부를 후회하고 있고, 자식들이 이 공부를 하지 않기를 바라는 것은 연극을 공부하고 실천하는 이들 가운데 행복하게 늙어가는 이들을 별로 보지 못했기 때문이다. 수많은 삶의 경우를 배우고, 체험하고, 논하고, 재현하는 연극을 통해서 삶은 한 치도 나아지지 않은 것 같다. 스스로가 경멸했던 이들을 서서히 닮아가고 있다. 연극을 빙자해서 제 삶을 이롭게 한 이들, 연극이란 미명으로 많은 이들을 삶의 무명 속으로 빠져들게 한 이들, 연극을 속이고 세상마저 속일 수 있었던 수많은 이들, 이들은 한결같이 행복한 얼굴을 한 사이비들이다. 그런 이들을 너무나 많이 보았다. 그래서 그들을 닮아가고 있다. 가슴을 치고 통탄할 일이다. 내 삶의 큰 부분이 연극을 공부하는 것이라면, 당연히 그것으로 성숙해야 했다.

최근 몇 년 동안 연극으로 어떤 것도 배울 수 없었다. 연극으로 내 삶의 어떤 결핍도 채울 수 없었다. 공연도, 연극하는 동네도 모두 추해졌다. 치졸한 경쟁이 끊이지 않고, 연극에 대한 글쓰기와 말하기에도 거짓말과 얄팍한 글들이 많다. 많은 연극이 예술이란 이름으로 치장을 했지만 내용은 별 볼 일이 없는 저질의 작품들이었다. 배우들의 몸과 말에 향기가 없었다. 거친 언어와 행동들이 무대 위에 그대로 드러나는 경우가 많았다. 상투적이고, 비루한 몸짓들이 사라지지 않았다. 제대로 된 연극에 대한 담론은 볼 수도, 들을 수도 없었고, 연극을 공부하는 많은 이들이 연극에 기생충처럼 붙어 살아가고 있다. 싸움은 왜 그리 많은가? 연극하면 굶어 죽는다고 말하면서 다들 잘산다. 공연하고 나면 적자 나서 망했다고 말하면서 또 술이고 공연이다. 돈은 어디서 나는지? 연극 동네에도 귀족은 있다. 그들은 예술과 경영의 줄다리기를 교묘하게 잘해서 품위 있게 산다. 국민의 세금으로 마련한 공공 지원금을 받아 공연하는 일이 많은데 개중에 좋은 작품은 드물다. 정말 연극은 아름다운 예술인가?

정말 연극은 사람 냄새가 나는 인간적인 너무나 인간적인 예술인가? 아니라고 말하고 싶다. 너무나 웃기는 말이다. 대학원 시절 처음 만난, 은퇴를 하신 후에도 평론을 하셨고 얼마 전에 돌아가신 한상철 선생님은 이렇게 말씀하셨다. "내가 어리석었지." 나도 어리석었다. 이 글을 교정보는 지금, 돌아가신 그분이 자꾸 보고 싶어진다. 그때마다 가슴이 철렁 내려앉고 슬프기 그지없다. 나는 그분을 존경했다. 아버지가 말씀하지 않으신 뜻을 이제야 알겠다. 그러나 늦었다. 연극이 싫어졌다고 어디로 가 숨어 있을 수도 없다. 전념할 어떤 것이 있는 것은 아니다. 새롭게 생활의 기반을 닦을 처지가 못 되지 않는가! 아, 정말 어리석었다.

4

얼마 전 아버지를 다시 만났다. 아버지는 많이 늙으셨다. 아버지는 서재 같은 공간을 가지고 계셨는데, 지금은 온통 산행과 낚시 도구들뿐이다. 그것은 아버지가 최후로 소장하고 있는 장서와 같다. 새것이라고는 하나도 없고 죄다 케케묵은 것들이다. 내가 찾아간 날도 아버지는 서재에서 장비들을 만지고 계셨다. 주말에 바람 쏘이러 나갈 참이라고 말씀하셨다. 구석에 놓인 배낭은 낡고 낡아 구멍이 뚫렸다. 아버지의 배낭은 딱 한 개다. 나는 크기에 따라 다섯 개를 가지고 있다. 하루 산행, 2~3일 산행, 등반용, 장기 산행, 아버지가 젊은 날에 쓰셨던, 이본 취나드가 처음으로 만든 고전적인 배낭까지. 또 아버지의 가스버너는 20년이 넘은 녹슨 것이었다. 나는 화력이 좋은 콜맨 휘발유 버너를 쓴다. 그것도 무겁다고 가벼운 가스버너가 따로 있다. 아버지는 싸구려 운동화를 신고 다니시지만, 나는 전문가들이 사용하는 등산화만을 신고 산에 오른다. 그밖에 나는 얼마나 많은 장비들로 서재 한구석을 채우고 있는가! 아버지는 이런 날 나무라지 않으신다. 내가 지닌 고급 장비를 써보겠다고 하지도 않으신다. 나는 많은 것을 가지고 있지만 보고 경험하는 것은 너무나 앝다. 어리석음은 여기에도 있다.

이제 나이가 든 채 다시 연극 책을 손에 들고 읽고, 연극에 관한 글을 쓰기 위하여 정열적으로 사유하는 삶을 결정해야 하는 지금, 아버지의 얼굴을 제대로 볼 수가 없다. 아니 읽을 수가 없다. 아버지께서 "너 지금 뭐 하고 있니?"라고 물으신다면 할 말이 없다. 아버지보다 더 높은 산을 올랐고, 더 많은 곳을 가보았지만 지금 연극을 좋아할 수 없게 되었기 때문이다. 겸손함도 거의 잃었다. 연극 공부에 빠져 죽치고 버텨낼 자신이 없다. 변변찮은 장비를 가지고도 아버지는 평생 즐겁게 산에 오르셨고 일하셨다. 어찌 궂은일이 없었을까? 공부에 대한 기대를 잃어버렸을 때 겪어야 하는 어려움과 학자가 공부를 하지 않을 때 겪어야 하는 참상이 어떤지를 나는 지금 실감하고 있다. 애초에 연극 공부가 황금알을 낳을 것이라고는 단 한 번도 믿어본 적이 없지만, 그래도 믿어야 할 연극에 대한 신화는 있어야 했다. 열풍처럼 휩싸여 있는 것은 아니지만 그래도 들여다볼 만한 연극과 아침부터 읽어야 할 책은 있어야 했다.

아버지는 왜 강요하지 않으셨을까? 왜 선택하도록 내버려두셨을까? 이것이 잘 풀리지 않는다. 나는 아버지를 아직 읽지 못하고 있다. 언급하지 않은, 강요하지 않은 의미심장한 말들을 캐내지 못하고 있다. 아버지의 낡은 장비와 내가 지닌 고급 장비들 사이에, 그 범속함과 고급함 사이에 읽어야 할 의미가 있다. 그러나 아직 잘 잡히지 않는다. 눈이 너무 많은 것은 아닐까? 나는 어디에 있는가?